El resto del mundo rima

El resto del mundo rima

CAROLINA BELLO

LITERATURA RANDOM HOUSE

Papel certificado por el Forest Stewardship Council®

Primera edición: julio de 2022

Printed in Spain – Impreso en España

ISBN: 978-84-397-4007-0
Depósito legal: B-17.711-2021

Impreso en EGEDSA, Sabadell (Barcelona)

RH 4 0 0 7 0

Se oyó y se sorprendió. Hacía mucho tiempo que no se escuchaba su propia voz.

Rabia, Sergio Bizzio.

1

—Matame. Matame a mí también —dijo desde el pastizal Andrés Lavriaga, aferrado con una mano a la pantorrilla del jean azul oscuro que vio apenas abrió los ojos.

A pocos metros, las sirenas relampagueaban una historia que terminaba ahí y otra que empezaba ahí.

—Quédese quieto que ya viene ayuda —dijo el de la pantorrilla, mientras agitaba los brazos hacia la ruta, como un náufrago ante cualquier indicio humano.

En ese instante que dicen que pasa, miró primero el cielo, sin una sola estrella, y el amanecer que se le venía encima para iluminar el desastre del que todavía no tenía conciencia. La ropa: tramos embadurnados de sangre de varios, estampas de palmas y yemas.

Andrés Lavriaga abrió los ojos y giró, como pudo, la cabeza hacia el costado. Ahí mismo se fijó en los cordones desatados en un champión chiquito y en las gotas de sangre en un zapato que parecía ser el de una mujer. Un metro más allá, divisó entre la bruma a alguien tirado en el pasto. Era su hermano, Ernesto Lavriaga.

Murieron siete personas en total, una estadística elevada en la historia nacional de los accidentes de tránsito. Los medios de comunicación, que dedicaron bloques enteros a la cobertura, incluso realizaron retrospectivas que evocaban la precipitación de un ómnibus de Onda al río Santa Lucía en 1957. Ahora, en este accidente, había muerto una familia entera y otras tres personas que, en el momento del choque, estaban prófugas. En la comisaría se amuchaban medios locales y extranjeros. Uno había sobrevivido.

Ana María Blum, Octavio Ortiz, Dominique Ortiz y Gerónimo Ortiz viajaban en el auto que horas antes había desembarcado desde Buenos Aires en el puerto de Colonia. Madre, padre, hija e hijo murieron casi al mismo tiempo, excepto Gerónimo, el más chico, que no aguantó con el respirador y murió en la ambulancia camino a la ciudad de Libertad.

Algunas crónicas dicen que la niña y el niño venían dormidos y que, por lo tanto, no se dieron cuenta de nada. Octavio Ortiz no pudo ver más allá del parabrisas algo que lo alertara ni atisbar una maniobra que lo sacara de la senda fatal. En el repecho del quilómetro 80, un auto sin luces que venía a contramano por el mismo carril impactó de frente contra el auto de la familia Ortiz. Los peritos que fueron llegando al lugar tuvieron que mirar dos veces antes de poder arriesgar modelos de las carrocerías para que constaran en actas.

En el auto sin luces venían huyendo cuatro personas desde Melilla. Habían tomado la vieja y fantasmal Ruta 1, con sus baches en el pavimento y sus líneas amarillas erosionadas. Manuel Falco, conocido como *el Chaco*, Alejandro *el Sinatra* Pintado y los hermanos Andrés y Ernesto Lavriaga. La prensa los bautizó «La banda de los hermanos» porque, según las primeras investigaciones, de ambas mentes había surgido el plan que salió mal.

Además de Andrés, había otra sobreviviente. Se la habían llevado inconsciente al hospital de San José de Mayo. Según la reconstrucción, la mujer se había salvado por una infracción. Era en principio probable que, en el instante mismo del accidente entre el auto fugitivo y el de los Ortiz, este tercer auto se hubiese adelantado por la senda opuesta, lo que había evitado un choque en cadena. «O fue una infracción o unos reflejos de la gran puta», le dijo el comisario a uno de los peritos, ni bien llegó a la escena. Este tercer auto había ido a parar al menos diez metros más allá de la ruta, incluso arrasó el alambrado del campo, que fileteó la chapa del capó.

El previo al accidente no había sido un buen golpe. Horas más tarde, la policía técnica constataría que las cajas robadas de la sucursal estaban vacías. Era inevitable el infeliz remate de los cronistas frente a las cámaras y en los diarios: «Murieron siete por nada», como si, de haber existido un botín, algo de todo aquello le diera fundamento a la tragedia.

Los paramédicos y el chofer de una de las ambulancias saltaron la banquina y la zanja contigua inundada, se metieron entre los alambrados y, por encima, pasaron la camilla naranja de primeros auxilios. Los tres apuraron el paso hacia el hombre del jean azul, que seguía agitando los brazos. «¡Está vivo! —gritaba con ganas—. ¡Está vivo!», como si la constatación de una respiración, del tenue movimiento de una mano, otorgara sentido a los escenarios devastados.

Uno de los paramédicos colocó una ortopedia alrededor del cuello de Andrés Lavriaga, mientras el otro constataba la fractura en la pierna y enunciaba en voz alta: «Sin pérdida de conocimiento».

—¡No, mire que lo perdió! Yo lo encontré tirado ahí, desmayado. Pensé que había fallecido también. Allá hay otro que creo que la quedó. Cruzando la ruta hay una mujer, según un vecino —dijo el hombre del jean.

Entonces el paramédico rectificó al aire: «Fractura en pierna derecha, con pérdida de conocimiento». A Lavriaga lo trasladaron en una camilla naranja y dura como los huesos.

—¿Cómo te llamás?

—Andrés.

—¿Andrés qué?

—Lavriaga —dijo, apenas audible.

—¿De dónde sos?

—De Melilla.

—¿Cuántos años tenés, Andrés?

—Treinta y cuatro.

—¿Te acordás de algo?

—Sí.

Su cuerpo roto se balanceaba sobre la camilla al ritmo de los pasos desestabilizados por el pasto, los pozos y los charcos. En la pierna derecha se concentraban los aullidos de la historia del mundo.

Al llegar al alambrado, incluso el personal de la policía vial y algún vecino presente en la ruta se acercaron para ayudar a traspasar la camilla de un lado a otro. Por un instante, Andrés Lavriaga se acercó al cielo sin estrellas y vio el amanecer desde adentro. Ya era de día cuando miró hacia un lado y contó tres cuerpos, todos cubiertos por frazadas y paños de emergencia, y uno que adivinó de un niño. Ya era de día cuando miró hacia el lado opuesto y contó otros dos cuerpos al costado de la ruta.

En ese momento intuyó que ante la confusión generada por el desastre nadie sabía, aún, que él era un prófugo y que el hombre tirado más allá era su hermano. Entendió, mientras lo metían en la ambulancia como por los tubulares de una morgue, que era el único sobreviviente.

2

Julia se arranca la vía del brazo. Aunque *arrancar* sea un verbo brusco para referir al acto milimétrico de extraer una aguja incrustada en una vena. Más bien la quita, despacio, porque duele. Absorbe el pequeño borbotón de sangre con sus labios, con la lengua, hasta que la sangre para y genera un pequeño hematoma en el lado interno del codo. Tiene frío. La bata celeste que le dieron deja su espalda y sus piernas descubiertas. Se levanta del piso, aguza los ojos y activa la conciencia de sobrevivir.

Opta por reconocer el espacio en busca de algo que la abrigue. A tientas hace contacto con el vidrio de un mueble. Lo abre. Papeles, gasas, cajas de metal. Abre el siguiente. Hay frascos chicos de vidrio marrón con etiquetas. Parecen muestras de medicamentos de otros siglos. Escucha un ruido. Al parecer alguien se acerca, y Julia vuelve a su lugar inicial, un rincón guarecido por un viejo y amplio escritorio de madera y el primer aparador que inspeccionó. Su pulso se acelera y puede sentir el miedo en la transpiración que se le cristaliza en la espalda y en el pecho. Se abraza a sus propias piernas, penitente, y se balancea sobre sí misma, mientras una sombra se estaciona al otro lado de la puerta, como los monstruos.

La pulsera de papel con su nombre se engancha a la sutura de la herida que se extiende en su pierna desde el tobillo hasta la rodilla. Ahora, como si de pronto se diera cuenta, también advierte las gasas en el empeine izquierdo, el corsé de vendas alrededor del estómago y en el bajo de la espalda, las curitas profesionales en la frente.

Suspende la respiración. Se acuerda de las escondidas o del cuarto oscuro, que era la escondida, pero entre ciegos. Siempre hacía trampa, emulando a los bichos que pueden ver en la noche, dejaba los ojos abiertos y miraba a las siluetas de sus amigas intentar esconderse, inútilmente, detrás de los escritorios o de los roperos. No es que realmente viera más que el resto, pero conocía el cuarto donde jugaban perfectamente: cada pisada o cada crujir del piso de madera vieja llegaban a ella como notas de una melodía desvencijada. Conocía también los ruidos exteriores, encapsulados en burbujas que explotaban cerca de su oído. Podía anticiparse.

Acomoda la cabeza entre las rodillas, mientras rodea sus piernas machucadas con los brazos también machucados. Escucha las voces. El monstruo habla: dos personas discuten. Una dice que la operación tendría que haberse hecho antes, que ahora corre riesgo de peritonitis; la otra dice que no, que no es el apéndice, sino la vesícula y que la laparoscopía ya está en curso.

—Van a tener que disecar, acordate de lo que te digo. Esa vesícula está llena de pus, si la sacan así se va a rajar como un cachalote.

—¿Decís que le diga al cirujano? Es el flaquito, el de ojos azules, empezó ayer.

—Na, no le digas. Se va a dar cuenta solo.

La sombra se deshace y regresa el silencio inicial, interrumpido, cada tanto, por algún taconeo en el pasillo.

Julia se incorpora con esfuerzo y vuelve a la requisa. Hurga los cajones de los muebles, uno tras otro, hasta dar con el perchero contiguo a la puerta. En él hay una mochila de tela de avión, que intenta abrir con desesperación y con hambre.

Encuentra un neceser. Varios blísteres de medicamentos, un cepillo de dientes, una pasta chica, una pinza de cejas, hilo y aguja. Piensa que ella también los lleva en su cartera. Hay un espejo de mano que se abre. En la tapa tiene un dibujo de estilo chino. Es una niña en bicicleta que atraviesa un sendero con flores rojas y amarillas.

Recuerda una cartuchera escolar con motivos parecidos. Era una japonesa con uno de esos paraguas similares a los de los tragos tropicales, arrodillada a la vera de un estanque bajo un puente con forma de semicírculo. Piensa en la frenada y en las luces que aparecieron como ojos en una caverna que intuyó vacía. Piensa en el cielo que vio o imaginó desde la camilla, en el dolor de la pierna, en las náuseas. Despertar. No entender. Ver el informativo en la televisión colgada con un soporte, desconectarse del aparato del suero y de los antibióticos. Irse.

Encuentra también un lápiz de labios, un rollito de cinta adhesiva, dos tampones, un chicle. Lo abre, temblando. La boca seca lo mastica con ganas hasta volver a segregar saliva y, con ella, la ilusión de agua. Deja el neceser en el piso y sigue buscando en la mochila. Apoya la billetera en el aparador. Encuentra un libro y en sus manos temblorosas las páginas pasan y dan frío. Lo aparta. Ahora encuentra un buzo de lana y lo reserva porque hay otra tela. Es una túnica blanca. Tiene un nombre bordado en el bolsillo. Mónica Elzester. Se quita con rapidez la bata y se pone la túnica que, por lo menos, alcanza a cubrir una parte de las piernas. Luego se pone el buzo de lana. Es rosado con líneas celestes. Dos colores que odia, juntos. No le importa porque ahora ya no tirita y puede sentarse a pensar.

Aún con el miedo a cuestas, sintiéndose una prófuga, aunque no lo sea, sabe que desde que la ingresaron se siente a salvo por primera vez en la vida. Si suprime el olor a éter, el hospital es un lugar de certezas, de cobijo, de pocas explicaciones.

Semanas antes del accidente, le había aparecido una punción leve con la que se puede vivir, que luego se convirtió en un dolor continuo, de los que no dejan ocupar la mente en otro asunto. Su primer pensamiento al despertar había empezado a ser que se iba a morir. Pero no se trataba de un arrebato de ansiedad, como el que padecen aquellas personas que sufren de ataques de pánico. Cada día su pensamiento inaugural era reflexivo y pausado, tan lento y racional, que la conciencia orillaba puntiaguda contra el cráneo.

Prepararse el café, maquillarse, ir a trabajar. Sentir que una mano invisible le aprisionaba el cuello. Cargar el mp3 con las escasas canciones que le permitían los ocho gigas de memoria que tenía aquel dispositivo chino del mismo peso que un Tamagotchi, regalo de una madre que desconocía el rubro por completo; colocarse los auriculares y poner play o presionar una flechita para poder escuchar la canción que le daba un poco de sentido a esos primeros pasos en el mundo cada mañana.

Interactuar. Ser consciente del cuerpo y su fragilidad al menos una vez por día. «Acordate que te vas a morir», decía una inscripción tallada en la pared de la Facultad de Ciencias. La leía minuto tras minuto desde el pupitre que había elegido el primer día de clases para estudiar el origen de la vida en organismos microscópicos, tan absolutos e insignificantes como ella.

Ahora guarda en la mochila la bata azul, el libro y el neceser. Piensa en qué es lo que hace y en por qué. Similar a la película donde el protagonista se tatúa el pasado reciente, experimenta en carne propia acarrear con todos los recuerdos de su vida, pero su último tiempo en el mundo aparece en imágenes fragmentadas, dispersas, confusas. La noticia en la televisión fue un narrador que la puso en la historia, en la suya y en la de otros, como si a veces no alcanzara con nuestra propia voz y necesitáramos que alguien nos hiciera aparecer en la escena y dotara de lógica nuestras acciones en el relato.

Vuelve a visualizar las luces de freno del auto y un dolor inédito le atraviesa el pecho. Se toca y luego mira. Hay un hematoma que comienza en el cuello del lado izquierdo y baja en una perfecta línea gruesa y diagonal hasta la cintura del lado derecho, un poco más arriba del hueso de la cadera. De pronto, su cuerpo es una bolsa de indicios, de marcas, de señales. Recorre la franja de piel herida con la yema de los dedos y repite en su mente la voz de la televisión. «Hay dos sobrevivientes».

Aparta la billetera en el aparador. Nada podrá hacer con las tarjetas, pero sí con los billetes, que enseguida separa y engancha en el tirante de la bombacha. Mira la cédula: Mónica Elzester, 13 de septiembre de 1967. Su misma edad. Una foto de Mónica Elzester con alguien que parece ser su novio o su esposo. Tal vez un amigo, aunque nadie suele llevar fotos de amigos en un dispositivo destinado a perderse.

«Mónica Elzester», susurra. Empieza a imaginar su vida. En la foto parece feliz. Todos parecemos felices en las fotos porque el revelado sale caro y hay que armar bien los recuerdos para simular desde el futuro. Cree que eso se va a terminar cuando todo el mundo tenga los teléfonos con cámara, de los que hacían alarde los amigos de sus padres cada domingo. De pronto, piensa en cuando Foto Martín sacó una edición de adhesivos que regalaba a la clientela con cada rollo revelado. Tenían leyendas que se suponían graciosas, que las personas comenzaron a usar para arruinar sus propias puestas en escena perfectas, aunque siempre incluyeran botellas de Coca Cola retornables arriba de las mesas. Julia piensa en que su adhesivo favorito era uno que decía «¿Qué hago yo aquí?». El único que en la plantilla venía repetido tres veces y el único que ella usaba en las fotos donde aparecía.

Los fluidos en el estómago vacío son similares a las sustancias de su laboratorio cuando ebullen. Ahora tiene menos frío. Pero está descalza y sabe que necesita comer. Su última ingesta había sido el escueto desayuno: té con leche, compota de peras y tres galletas al agua, pero de eso habían pasado horas ya. Hacía un tiempo había visto en la televisión un programa de cocina en el que alguien contaba cuán importante era la hotelería en los hospitales y las virtudes de que los enfermos pudieran comer sano, pero rico, con una dieta indicada para su eventual afección. Y ahí volvía a evocar el tarrito de compota de manzana arriba de la bandeja y el asco que le daba comerla en ayunas. Ni con el hambre que siente ahora se le antoja.

Pero tiene que comer. Está cansada y débil. Además, tiene miedo, aunque todavía no sea momento de reflexionar. Qué dirá la señora vieja internada a su lado, que la vio desengancharse del suero, bajarse de la camilla y no volver. Supone que le preguntarán. Ambas se habían mirado: una buscando la complicidad; la otra asintiendo, como una bendición. Julia se conforma con ese recuerdo. La señora no va a decir nada.

Vuelve al lugar inicial entre el gran escritorio y el aparador. Piensa en el aparador de su abuela: un paraíso de vidrio y algún cristal verdadero. Estaba en una habitación principalmente oscura a la que todos llamaban *comedor diario,* aunque pasaran días enteros sin que nadie se sentara en torno a aquella mesa. Se habilitaba en el cumpleaños de la abuela, cuando venían sus hermanas y alguna vecina con budín de pan en mano a celebrar y hablar de cosas que no le importaban, como un murmullo.

Durante los períodos de exámenes, Julia usaba el comedor diario para pensar, para estudiar, para memorizar las leyes de la física, que no se le daba con la facilidad de las otras ciencias, nunca entendió por qué. En algunos momentos se quedaba absorta repasando los trucos manuales para representar los campos magnéticos entrantes y salientes. Se miraba en el reflejo del aparador mientras los ensayaba, y su imagen se volvía una mueca, el gesto imbécil y vacío de un mimo.

A veces, por la tarde, la luz entraba de una manera fantasmal por el tragaluz que daba al fondo de la casa. Al refractar formaba pequeños arcoíris entre los vasos y las copas, que se deshacían cuando interceptaban el juego de tazas absoluto y azul que reinaba como un agujero negro.

Ya nadie usa la palabra *aparador*. Es antigua. Ahora la gente prefiere *modular*, más funcional y adaptable que aquella palabra latina e imponente.

Los sonidos del pasillo cada vez son más espaciados y, por ello, más graves en el eco que rebota entre el techo y las baldosas. Espera que anochezca para aventurarse a su próxima acción. Mira la banderola. Acá también hay una. La arquitectura ha insistido con ellas para enmendar su natural tendencia a encerrarlo todo.

Cuando ya no se escuchan voces, a lo sumo el traqueteo del carro de la comida, entreabre la puerta. Las bombitas eléctricas cuelgan sin plafón desde los techos. Está en el segundo piso, lo sabe porque nunca llegó a bajar ni a subir ninguna escalera desde que se levantó de su cama y se fue.

Agarra la mochila de tela de avión de Mónica Elzester y sale al pasillo. Es imperioso encontrar un par de zapatos, la única carencia en su camuflaje que puede llamar la atención por intrusa o enajenada, aunque pocas veces haya sentido la conciencia de un acto en la vida.

Camina algunos metros en puntas de pie. Al llegar a la siguiente puerta, escucha las voces de un televisor prendido, se asoma a la habitación y, al hacerlo, se siente una niña que otea desde un escondite. Dentro del cuarto hay dos camas en las que ambos pacientes parecen dormir, con sus brazos enganchados a las bolsitas del suero. Julia entra y nota la presencia de un acompañante al lado de cada cama. Se detiene y aguanta la respiración. Constata que también duermen, probablemente ese sueño liviano e incómodo de quienes cuidan a otros en los sillones geométricos de los hospitales.

Son dos mujeres. Quizás las esposas de los pacientes o empleadas de algún servicio de acompañantes. Quizás hermanas o amigas, aunque no son las amistades quienes suelen quedarse por la noche. La primera está descalza y esto Julia lo advierte apenas entra, pues la mujer tiene las piernas estiradas sobre un bolso grande de Peñarol. Mira rápidamente y enseguida localiza unas botas de cuero marrón con cordones, que no tarda en agarrar antes de volver al pasillo.

Acelera el andar, aún descalza, hasta que encuentra otra puerta. Al abrirla, el espacio parece un placar tubular, en donde apenas puede inclinarse para formar un ángulo recto. Días después descubriría una especie de doble fondo en la pared, como el de las valijas de los bagayeros o los traficantes.

En ese momento, Julia todavía no sabe que esa diminuta trastienda sería su escondite en los días siguientes. Ahora mismo constata el espacio. Hay dos escobas y un balde. Se afirma primero sobre una pierna y acerca la otra a su pecho para desajustar los cordones de una bota. Cada vez que pierde el equilibrio vuelve al eje apoyando, apenas, una y otra vez sus codos en las paredes.

Logra enganchar una bota, pero, al cinchar para meter el pie, algunos trastos caen del estante que le inclina la nuca hacia adelante. El sudor se cristaliza otra vez sobre el pecho y los omóplatos y el calor comienza a espesar la paciencia debajo del buzo de lana. Logra calzarse una. Espera unos segundos y tantea la otra bota con el pie desnudo. La engancha con los dedos, sube la pierna hacia ella y, esta vez con pericia, logra encastrarla y atar los cordones.

Al salir se siente otra persona.

3

—Largá las palabritas, che, y prestá atención.

—Estoy en eso.

—Miralo al hijo de puta este cuando esté hablando de nosotros —le dijo Ernesto a Andrés, palmeándole el músculo con el revés de la mano, mientras miraba las policiales del informativo.

—Ojalá no sea para decir que estamos todos en cana en Libertad.

—Juera, bicho. Mirá que sos mal agüero, que te parió.

Andrés y Ernesto Lavriaga eran hermanos. Habían nacido juntos, el mismo día, y habían padecido juntos los que vinieron después. Ernesto aparentaba ser el mayor, porque Andrés era retraído y no le gustaba alardear de las decisiones sensatas que solía tomar. Para el afuera ese era el rol de Ernesto, aunque todo lo pergeñaban siempre entre los dos. Incluso cómo sacarse a su madre de encima.

De un día para otro, era sentir la puerta y ya sabían que uno de los dos se la ligaba, porque sí nomás, porque eran hijos, propiedad sanguínea donde invertir vaya a saber qué frustración, qué vericueto de la mente. Durante la niñez y ya entrada la adolescencia, antes de que los músculos de cada uno se espesaran junto con la fuerza, el cinto no era el resultado de un arrebato de ira: parecía tener método.

Una y otra vez, la madre los buscaba en sus escondites y, cuando cazaba a uno de los dos, lo agarraba del cuello igual que a una gallina. Con la mano libre desenvainaba el cinto y comenzaba a azotar una, dos o tres veces. En algunas ocasiones las remeras se desgarraban y los quejidos parecían los de un perro. Los hermanos se habían adiestrado en el oficio de la sumisión, resultado de un aprendizaje: la vez que uno arañó, la hebilla subió al costillar.

Un día, ya adolescente, a Andrés lo encontró Cristina, la empleada de la biblioteca pública, llorando como un gurí chico en el baldío del camino Las Mulitas. Y ese día le dio tanta lástima verlo así, que lo invitó a ir con ella. «Dale, vení, que hay juegos de caja y ajedrez». Cuando llegaron, Andrés rengueaba y se agarraba el antebrazo.

—Pará que prendo todo y te miro eso, ¿sí? —le dijo Cristina, mientras corría las cortinas de forma diligente.

Andrés se paró y fue directo a una estantería que ocupaba la única pared sin ventanas.

—¿Y todos estos libros de quién son?

—Ah, mijo, esos son de todos. La gente los va donando cuando tiene ganas, otros los trae el Municipio y yo los ordeno. Fijate, hay variedad, capaz alguno te guste.

Agarró uno que le llamó la atención por el lomo. Mientras lo hojeaba, sentado en el banco de una de las mesas largas previstas para la visita de los escolares, Cristina le curaba la herida del brazo: primero con agua oxigenada, que hizo espuma, y luego con alcohol yodado.

—Voy a ir a hablar con tu madre, Andrés.

—No, no, no vaya que nos la ligamos de vuelta.

—Pero escuchame, mijo, hay que denunciarla. Soy vecina de toda la vida y toda la vida vi cómo se la agarra con ustedes. Y es tan macanuda y sencilla cuando te la encontrás en la feria. Es rara, che. Primero lo de tu padre, después los loquibambis estos de la religión. No le falta ninguna a la Nibia, completita. Vos, si querés, yo los acompaño a la comisaría.

Gracias a Cristina, Andrés descubrió una afición y un escape. Con el tiempo se dio cuenta de que le gustaba leer, igual que varios personajes de los libros que sacaba de la biblioteca, porque en las historias de esos libros casi siempre había alguien que leía. Cada vez que aparecía uno de esos, pensaba que los escritores los ponían en las historias para poder decir a través de ellos.

A veces pensaba que si él fuera el personaje en una historia, sería el personaje que lee. En la mente de Andrés, aunque dicho con otras palabras, los libros eran cajas chinas que se encontraban a sí mismas. Mientras leía pensaba que él podía ser Lazarillo o Arturo Bandini o mejor Silvio Astier: el Astier de Melilla.

A los libros los cuidaba como un tesoro, el único. Si algo había entendido era que en aquellos libros casi siempre encontraba algo de su propia vida: su padre se llamaba Prudencio, como el padre de Horacio Quiroga, así lo había leído en un prólogo; su hermano se llamaba Ernesto, como en ese libro de Oscar Wilde que él pronunció *Güilde* cuando lo pidió en el mostrador, pero que le llevó más tiempo y mucho no entendió, según le contó a Cristina el día que lo devolvió. A su madre no la había encontrado en los libros. En ninguno de los que había leído halló un personaje que se llamara Nibia y que azotara a sus hijos con diligencia y saña.

A Fátima, en cambio, sí la había visto en las páginas, porque a los dos hermanos les gustaba y los había enfrentado en algún momento en el que se olvidaron de las cicatrices y de la sangre. Andrés la llamaba *la intrusa* y Ernesto cada tanto lo increpaba porque no entendía.

Y Andrés le decía: «Por nada, hermano, por nada» y Ernesto refunfuñaba, ya que su hermano tenía menos calle, pero más mundo.

Fátima le tenía miedo a Nibia, porque con sus propios ojos había constatado las heridas de los dos hermanos, y con el tacto también. Entre mujeres se medían el aceite y se olfateaban. A Fátima le gustaban los dos y no podía decidirse por aquella molécula dividida con la misma apariencia. Lo que en uno era riesgo, en el otro era inteligencia y ternura. Y a ella le gustaban esas cosas porque en su casa no había, aunque en la cama Ernesto parecía estar y no estar. Cuando se besaban, la piel y la carne parecían la envoltura de algo ausente, como el plástico de un muñeco.

Ernesto la vio desde afuera mientras ella reponía unos productos en la despensa del barrio. Esa tarde Fátima llevaba un vestido corto floreado y andaba descalza porque decía que prefería ensuciarse los pies que las sandalias, que costaban caras. Así las cuidaba más, para salir. Ella sabía que Ernesto la estaba mirando, así que irguió la clavícula y, con disimulo, se cinchó el cuello del vestido para que le dejara un hombro al aire. A ella le parecía lindo eso en las mujeres. A veces dudaba de si le atraían un poco también, pero después se daba cuenta de que no era gustar, sino parecerse.

Durante un segundo pensó que se había ido y, cuando volvió a mirar, Ernesto estaba dentro del comercio, escrutándola desde el mostrador. Ella sabía. Uno a uno agarraba los productos que, de pronto, temblaban en sus manos. Cuando quiso acordar, sintió el tacto de Ernesto debajo del vestido, escarbando la bombacha por detrás.

—Ah, ¿te gusto, eh? Yo sabía, yo sabía que te gustaba.

Fue el primero de los muchos encuentros que tendrían en la despensa, mientras desde afuera podía leerse «Ya vengo» en un cartelito que se balanceaba leve contra el vidrio esmerilado de la puerta de chapa. Pero un tiempo después, Fátima conoció a Andrés.

Lo vio ella mientras leía, como un marciano, recostado contra la chapa de la puerta del taller de Manga, mecánico del barrio que tenía las manos del arquero brasileño.

—Siempre leyendo vos, sos el intelectual del barrio. ¿Qué leés? —inquirió.

Andrés interrumpió la lectura y vio los pies descalzos sobre las baldosas, mugrientos aunque delicados; las pantorrillas finas, los muslos magros que oscilaban junto al vestido de flores; la sonrisa de Fátima, que de pronto estaba ahí parada, hablándole, a él, que no hablaba con nadie, excepto con Cristina.

—¿Ahora?

—No, ¡mañana! —Fátima largó una carcajada.

—Un libro.

—¡Andá! ¿En serio? Tan burra no soy, ¿viste? Mirá que yo estudié, así como me ves. Estoy por terminar el nocturno y todo, che.

—Perdón. Se llama *El juguete rabioso.*

—¿Y de qué habla?

—De ser como nosotros.

Fátima siempre le pedía que la cogiera con palabras. Porque así podían hacerlo en cualquier lugar y a cualquier hora, delante de la gente sin que nadie se enterara. Así que, entre beso y beso en la puerta del taller, Andrés le leía fragmentos de los libros que iba sacando de la biblioteca. A ella le gustaban los de Quiroga porque parecían de terror.

Como los cuentos y los hermanos, Fátima también tenía cicatrices. El antebrazo quemado por el agua caliente de un termo, que le había tirado el más grande cuando eran chicos, y alguna otra, provocada por sus expediciones al fondo de la casa durante el verano de la lagartija. Tenía veintitrés años cuando se enteró de que Andrés estaba en el hospital y de que Ernesto había muerto en el accidente de la Ruta 1.

Antes de eso, mientras era la novia de los dos, atendía la despensa Sol y Luna y, cada tanto, retomaba el liceo por la noche para terminarlo. Le gustaba Idioma Español, aunque le iba bien en Química, no sabía muy bien por qué.

4

Se escondió tanto, tan bien se escondió, que los amigos pasaron a otra cosa, tal vez la mancha o la rayuela, tal vez las atrapadas, un juego que se jugaba cuando era chica, que daba vértigo y era muy popular en el patio de la escuela. Consistía en escapar de los varones corriendo y, otras veces, en correr para atraparlos a ellos. Si te atrapaban, perdías. Pero era de público conocimiento que ella a veces se dejaba atrapar, porque eventualmente el que la perseguía le gustaba tanto, que aminoraba la velocidad del escape o daba un mal paso sobre el cantero o sobre la cancha llena de alquitrán.

A Julia le gustaban varios. Pero más le gustaba Maxi, porque, cuando estaban solos, era bueno y hasta creía verle los hilos que nadie le veía. Aunque en la escuela nunca la corriera a ella, porque, total, ella iba a la casa después a merendar sin que nadie se enterara y lo tenía para escuchar las canciones de rock de los hermanos mayores. Para sentirse grandes en el mundo a escala, para pensar que hablaban de cosas importantes, mientras perdían las vidas en una pantalla y el joystick se calentaba en las manos, sobre todo en las de ella, que transpiraban de nervios porque su amigo estaba cerca y era un tarado, o un cobarde, aunque todavía no pensara con palabras adultas.

Nadie la había encontrado. Entonces se quedó dormida en el asiento de atrás de la Mehari de Javier, que estaba tapada por una lona de polietileno usada por el dueño para cubrir el auto por la noche, por si llovía o caía rocío. Los más chicos de la cuadra pensaban que la tapaba para volverla invisible y el resto, como Julia, la usaba de aguantadero para ir a esconderse cuando la realidad apremiaba o para pensar en las cosas importantes, como Maxi.

En la Mehari, que siempre le pareció un auto de juguete por su carrocería, más similar al plástico que al metal de los autos de verdad, había terminado de leer *Cuentos de amor, de locura y de muerte*, había tomado con su mejor amiga una botellita en miniatura de whisky robado de la vinería de la vuelta y, en el mismo asiento, se había tocado por primera vez.

Por entonces, todavía jugaba a las muñecas y cambiaba hojitas perfumadas en el patio de la escuela. El día anterior, había visto una película en la que una mujer hermosa era acechada por un hombre hermoso en el edificio donde ambos vivían. Él tenía un sistema de vigilancia a través de cámaras por las que observaba la cotidianidad de todos los habitantes del complejo. A la protagonista la observó particularmente, hasta que tomaron contacto. En una escena, que ahora Julia evoca con fuerza debajo de la lona en el asiento de atrás, mientras presiona con los dedos índice y anular la bombacha por debajo del short, el protagonista hace llegar un atuendo a la casa de ella y en la siguiente escena se encuentran en un bar. Él le pide que le muestre si tiene puesto lo que le regaló, ella separa apenas las piernas por debajo de la mesa para mostrarle, pero él dice que no ve, que no logra ver. Ella mueve las piernas hacia afuera de la mesa y se levanta aún más el ruedo del vestido, mientras algunos comensales también la miran. Su compañero de cena dice que no ve. Entonces la protagonista apenas se incorpora en su silla, se sube más la tela y se saca la ropa interior, que termina arrojando arriba de la mesa, entre los platos y los cubiertos. En la escena siguiente, el protagonista la espera en la penumbra de su apartamento y la sorprende por detrás, como un cazador, mientras sube el viso a sus espaldas y la penetra contra una pared. Julia tiene su primer orgasmo. Inmediatamente después se siente culpable. Piensa que su madre o su padre se van a morir. Que no está bien esconderse. De ahora en adelante, cada momento de autosatisfacción estaría, en el final, ligado a un sentimiento de placer y delito.

Ella no sabía si a todas les pasaba, si sus amigas también lo hacían. Sí sabía que era todavía chica para andar pensando en esas cosas, según había escuchado. Al mirar la bombacha notó una manchita, pero no se animó a tocar. Estuvo toda la tarde pensando que se había orinado encima. Hasta que, unos días después, volvió a tocarse y comprobó cómo eran las cosas. Pero ahora se ata el cordón del short y se incorpora para ver el barrio. Son las tres de la tarde de ese domingo otoñal en el que nada hace ruido. En la calle solo parece estar ella, y espera, solo espera, que nadie haya visto ningún movimiento delator debajo de la lona.

Vuelve de la ensoñación como si se despertara de una pesadilla y, al estirar el brazo por reflejo, golpea el palo del lampazo, que cae de frente sobre su cabeza. El cuarto de las escobas es un nuevo refugio, pero necesita lograr cierto confort. Ya pasó una noche en el lugar y, si bien todavía está nerviosa y lo estará durante los próximos días, se siente con fuerzas, aunque sean simbólicas y no físicas. No está dispuesta a que le pase otra vez lo que vivió. Todavía no ha podido empezar a pensar en todo aquello, a procesarlo. Estos días, sus ojos han dejado de ver el mundo para verla a ella en el mundo, con el extrañamiento de reconocer, de pronto, lo ordinario de forma diferente.

Repasa sus últimos movimientos. Como si lo que sucedió antes de escapar de la camilla con la bolsita del suero en la mano no existiera o estuviera borroso, lo suficiente para que cueste esfuerzo la reconstrucción de ese mundo anterior.

Ahora come otra vez con los dedos una gelatina que logró robar del carro de comida. Ya sabe los horarios. Sabe que al lado del cuarto de las escobas hay una habitación. Que el carro para cuatro veces al día: a las siete para el desayuno, once treinta para el almuerzo, dieciséis treinta para la merienda y veinte treinta para la cena. Los hospitales y sus reglas. Tiene segundos para robar alguna bandeja, mientras la chica entra y deja la comida de los dos pacientes internados.

Esta mañana solo pudo agarrar un tarrito de gelatina. Necesita calibrar sus movimientos, ser ágil y silenciosa, acaso la ocurrencia espectral de alguien.

Mientras remueve con la lengua la gelatina de cada dedo, mira sus piernas. Flacas, cada vez más. De pronto, fija la mirada en una cicatriz del muslo. Chiquita, casi imperceptible, se había ido desintegrando en la piel conforme pasaron los años. Pero alguna vez fue un agujero, un cráter, la boca de un volcán que se infectó. El magma era verde, por momentos amarillo. Y todo aquello se mezclaba con el alcohol que la madre colocaba todas las noches con un algodón. Aunque al principio usaba agua oxigenada, que hacía espuma y ruido. Uno de los primeros procesos químicos de los que fue testigo: la herida entrando en contacto con aquel destilado que tenía el don, o la propiedad, de desinfectar lo putrefacto.

Extrajo de forma salvaje la lapicera Bic incrustada en su muslo, semejante a una guerrera que separa de un tirón una lanza de la carne viva. La pelea había empezado, quizás, por la disputa del control remoto o porque la mesa ratona no estaba milimétricamente colocada para que cada uno pusiera sus piernas arriba sin invadir el espacio del otro. Llegaron a dividir el cuarto con una tiza en el piso y tenían terminantemente prohibido traspasar la frontera. Existían represalias establecidas.

Julia y su hermano habían anotado en un papel diplomático las garantías ante el quiebre de un dominio territorial. En el caso de él: el Zippo, una remera de Queen y el frasco de las monedas; en el caso de ella: el diario íntimo —otrora violado una y otra vez por la curiosidad fraterna—, el casete de Pink Floyd original y su colección de *Elige tu propia aventura.* Si alguna de las partes sospechaba intrusión en su espacio, existía la potestad de destruir alguna de las garantías acordadas. La quema del diario íntimo fue uno de sus primeros rencores y, al recordarlo incluso hoy, son las esporas de una desazón que contaminó todas las células.

5

Se habían ido al arroyo a pasar la tarde y todavía ni miras de ir a buscar las piñas y la hojarasca para la salamandra. Así, como un anfibio, eran conocidas esas estufas a combustión que parecían deglutir el infierno detrás de la puertita por donde se metía la leña o el material inflamable.

Para cuando se logró prender el fuego, la madre, envejecida, espetaba alguna directiva con su cuerpo, ahora grande y blando, desparramado en una reposera destartalada, mientras Andrés y Ernesto se miraban al calibrar la parrilla para que quedara derecha arriba de las piedras. Los desprecios no tardaron y Andrés comenzó a levantar presión, a la vez que Ernesto murmuraba por lo bajo que no entrara, que ya sabía cómo era.

Mientras los dos hermanos miraban la forma del fuego, a la madre se le dio por pararse y empezó a rodearlos como un amo que cerca al esclavo antes de apurarlo con el látigo. Por instinto, los hermanos endurecieron las espaldas, alertas. Si bien no lo dijeron, tenían miedo. Miedo. Aunque ya fueran hombres, aunque ya fueran grandes y aquella tirana con sus genes estuviera más cerca de morirse que de volver a azotarlos. Fue por esa razón que Ernesto una vez le dijo a Andrés que no quería trabajar más para la Filo —así le decían— y que, si no era por trabajo, iba a ser por izquierda, pero que él se iba a ir, más tarde o más temprano, a vivir su vida.

Ernesto había robado algunas veces. No le gustaba el arrebato porque en el barrio lo conocían, y para irse a otras zonas había que pagar boleto. Además, esa modalidad era ladina: un robo sorpresivo que causaba dolor. «No da meterse con las viejas», decía. Era más del delinquir silencioso y con método, le hubiese gustado una gran estafa, así se lo comentó al hermano. Más como en las películas, sin que nadie se enterara o que se enteraran cuando los bandidos ya estaban lejos, despilfarrando carcajadas o tiros. Pero Ernesto no había visto muchas. Sí alguna cuando eran chicos, cuando todavía funcionaba el cine de don Atilio. Era tan bueno el viejo, que a veces le abría solo a una niña del barrio. Expresamente a ella le pasaba las cintas. Después le contaba a la barra del ajedrez que hacerlo no le costaba nada, que a la gurisa de verdad le gustaban las películas y que le causaba gracia que se cambiara de asiento muchas veces mientras miraba la pantalla. Que él la veía desde el proyector y que, a veces, incluso se dormía y ella le gritaba desde abajo que había saltado la cinta.

Ernesto se sacó la idea de adentro cuando la madre ya estaba despatarrada durmiendo sobre la reposera de lona que solía llevar desde que eran chicos. La misma. Su cuerpo era el de una mujer vieja que todavía anda. Había perdido sus antiguos movimientos ágiles, su pelo largo y hasta algún diente. Ya no cabía en su antigua ropa que usaba para ir al salón religioso, donde todas las mujeres parecían uniformadas, aunque no fueran uniformes. Se las veía caminar los sábados de tarde por el barrio, con sus camisas prendidas hasta el cuello y sus faldas abotonadas adelante, largas hasta la mitad de la pantorrilla. Así lucía su madre cuando le pegó a Ernesto por primera vez y así lució el resto de su vida, hasta que el paso de los años y un desajuste en la glándula tiroides empezaron a trastornarle el cuerpo.

Los ronquidos de la madre se mezclaban con el sonido del arroyo y de algún pájaro que, cada tanto, se posaba entre las ramas.

—Cuchá. Tenemos que pensar a lo grande vos y yo. O la matamos a esta hija de puta y terminamos presos, o nos vamos nosotros. No puede ser que nos siga dando miedo, loco. Somos dos pelotudos grandes ya y te juro que a mí me sigue crispando los nervios. Yo no puedo más, Andrés, no puedo más.

Los hermanos estaban sentados a la vera del arroyo. Tan cerca del agua, que a veces dejaban las puntas de los zapatos sumergidas bajo un empuje del caudal, que parecía formar olas en miniatura. Andrés hacía sapitos con las piedras que encontraba a mano y Ernesto escarbaba la arenilla con una rama y cada tanto dibujaba formas.

—Estuve pensando en algo, pero te necesito a vos, hermano. Pa mí tenemos que pensar a lo grande. No te digo la estafa del siglo, pero una remesita podemos hacer. Es por ahí.

—¿Una remesita de qué?, ¿de qué hablás, Ernesto?

—¿Vos te acordás del Menta y el Esteban?, ¿los que se chorearon el monumento de Lavalleja el día que Bautista Scalabrini fue al pueblo de mierda de ellos con el equipo entero?

—Sí, me acuerdo. Parecía joda esa historia.

—Bue, la cosa que le pegué una llamadita al Menta el otro día. Para que me oriente un poco, ¿viste? El hijo de puta no quiere saber más nada con nada. Le pregunté por el Esteban y me dijo que se fue a Brasil, pero me recomendó contactarme con unos pintas que son de confianza de él y parece que andan.

—¿Andan para qué?

—Dale, no te hagás el sota. Vos sabés para qué. Para hacer alguna. Para irnos a la mierda, Andrés, para escaparnos de esta vida de mierda que tenemos. Mirate, hermano, miranos.

Ernesto le levantó el buzo a Andrés.

—Mirá esa espalda, bo. Ni Jesucristo, loco, no seas malo.

—Bueno, ¿y qué te dijo el Menta? —preguntó Andrés, mientras se acomodaba el buzo.

—Que los contactemos a estos pintas. Hay uno que es inteligente, así como vos, parece. Pa mí tenemos que llamarlos y decirles para juntarnos.

—¿Tenés los teléfonos?

—Sí, sí. Ah, ya estás adentro, ¿eh? Mucho librito, mucho librito, pero sos un sorete como yo, ¿eh?

Mientras Ernesto no paraba de hablar de las posibilidades más inmediatas que tenían, el arroyo se arremolinaba como todos los días a esa hora de la media tarde. Un fenómeno natural de Melilla, como el sonido de la ola del río Uruguay allá en la playa del Astillero, en Colonia. La gente va con las reposeras a escucharlo. De la nada, desde adentro de la boca de la corriente, de pronto emerge un ruido, un eructo del río, que se mantiene uno o dos minutos como si fuera a salir un monstruo que se está desperezando bajo el agua marrón, en un abismo de segunda mano. Entonces, todos los asistentes se quedan expectantes, haciendo de cuenta que lo escuchan por primera vez, mientras fomentan, animados, la curiosidad y las muecas de sorpresa.

Después el sonido se apaga, como si la mano del monstruo apretara un interruptor. Así, con el mismo sentido de la rutina y la curiosidad, Ernesto, Andrés y la madre tenían por costumbre ir a ver el remolino del arroyo, desde que eran chicos, cuando iba el padre también. En aquella prehistoria la madre era otra. Una que llevaba refuerzos de jamón y queso junto a dos botellas de jugo Royarina: de naranja para Ernesto y de frutilla para Andrés.

—¿Te pusiste a pensar alguna vez en los ruidos estos?

—¿En el del remolino, decís?

—En todos, digo. En los ruidos de la naturaleza. A veces pienso que, si cerráramos los ojos para siempre, la veríamos igual por los ruidos.

Andrés tiró la última piedra al agua y se quedó pensando. Las que acababa de decir Ernesto eran, probablemente, las palabras con más sentido que había dicho en su vida.

—A ver, seguí.

—Y no, nada. Eso. Mirá, cerrá los ojos y hacé la prueba. Justo ahora ya pasó el remolino. Pero cerrá los ojos y tratá de ver con los ruidos.

—Los sonidos.

—Bueno, sí, los ruidos, los sonidos. Escuchá.

El pájaro es un carpintero que aparece todos los días cuando están ellos. Andrés siempre reparó en él, pero ahora se le da por escrutarle los detalles: la cresta roja, que se continúa hasta el lomo y forma una línea sobre la columna vertebral, que divide el resto del pelaje, similar al de una cebra. También hay un picaflor por ahí, que parece salido de otro atlas, con su plumaje tornasolado que lo hace brillar cuando el sol refracta en él, como si fuera un pedazo de vidrio entre las ramas y las hojas. Una vez, hasta se le posó en el cuenco de la mano, cuando creyó domesticarlo con unos silbidos.

El impulso del agua contra las piedras lacustres es como cuando se revuelve un alhajero. Andrés identifica un orden geométrico, al igual que los trazos perfectos de los viñedos vistos desde arriba. De pronto escucha el sonido de todas las cosas, el que las vuelve invisibles cuando el resto del mundo rima. Ahora hasta cree escuchar también a los peces atravesando los cursos del agua. Son todos de colores. Andrés toca el pasto, el sendero, la arenilla barrosa de la orilla, el olor a esa porción de naturaleza ordenada y rítmica. El crujir pesado de la hojarasca anterior a la playita. Son pisadas. Es la Filo. Es mamá.

—¡Bah!, ¡bah!, ¿qué hacen acá los dos mariconeando?

Ambos hermanos se pararon, obedeciendo por costumbre y por reflejo.

—¿Y? ¿Tengo razón o no? ¿Viste?

—Sí, escuché todo.

Ernesto y Andrés quedaron mirándose fijo por unos segundos. Como si, por encima de las diferencias, hubiesen encontrado un fragmento de sentido que completaba la circunstancia de su tiempo y espacio.

—¿Mañana vamo al centrito a llamar, entonces?

—Bueno, mañana vamos, dale.

6

—¿Doctora?

A Julia otra vez se le escarcha el sudor sobre la piel. Había logrado sortear al policía apostado en la puerta de la habitación, que dormía y resoplaba como una caricatura. En la penumbra da un paso atrás y, al moverse, tira el control remoto y el pote de gelatina a medio comer. Antes de atinar a emitir un sonido, constata la cama contigua. En ella no hay nadie y está totalmente desmantelada, a la usanza de los hospitales cuando los enfermos mueren o les dan de alta. El revestimiento de cuero blanco o similar del colchón parece brillar, apenas alumbrado por la luz del vestíbulo, y está doblado al medio sobre el armatoste de metal que es la cama. Huele a desinfectante, el que mata todo.

—Me duele, doctora. Deme algo, por favor.

Julia plancha con sus manos la túnica de Mónica Elzester que lleva puesta, respira hasta el final, escucha toda la exhalación y prende la luz. El foco la ciega. Por un momento vuelve a la ruta, a los sonidos del impacto, a la mole de fuego que esquivó. Vuelve a arrancar el alambrado con las manos fijas en el volante, el tronco para un lado, la cadera para el otro: una tortura que la estira, lejana a la lógica del cuerpo.

Al quitar las manos de los ojos llorosos, comprueba que al enfermo le falta una pantorrilla y lo que queda de pierna, vendada en el extremo, tiene sangre reciente, húmeda.

A Julia se le da vuelta el estómago y tiene una arcada, que disimula con la mano delante de los labios. Piensa qué hace ahí. El accidente. La cama del hospital, pararse, irse, escaparse. Su vida. La de ahora, la anterior. Nada de eso todavía tenía la forma de un sentimiento, un anhelo o un pensamiento concreto. Vagaba por un hospital vestida con la ropa de otra persona. Un maniquí animado.

Vuelve a la canción que escuchaba segundos antes. Recuerda, incluso, una tanda comercial y los separadores de la radio, que parecen los mismos que años atrás, cuando atravesaban la Ruta 9 y su padre le contaba que el campo estaba lleno de palmares por las semillas que habían desperdigado los indígenas mucho tiempo antes. Entonces, ella pegaba la nariz a la ventanilla, como los niños y los perros, e imaginaba a los indígenas por la noche atravesando la penillanura y esparciendo su modesto legado. Entre los chiripá y las lanzas de su imaginación, se colaban las notas del jingle de ese verano: «Es tan fresca al calor del sol, su hielo y su sabor, contigo viviendo las emociones que hay». Después, esperaba a que apareciera el cartel del canal. Lo leía y lo repetía una y otra vez hasta llegar a la frontera. Andreoni. Ella lo decía con *c* al final, para que sonara como un robot: el canal Andreonic.

—¿Dónde te duele?

—Acá, doctora, acá. —Andrés pone la mano sobre el muslo de la pierna amputada.

Julia sabe que tiene que escribir para prescribir. Así que desengancha la lapicera del bolsillo de la túnica y extrae de otro bolsillo una pequeña libreta de recetas. Anota.

—Ahora ya le indico a la nurse que te venga a dar la medicación, ¿sí? Si no viene en un rato, tocás este botón. —Julia arrima hacia la mano de Andrés un cable que cuelga sobre su cabeza detrás del respaldo de la cama—. ¿Tu nombre era?

—Andrés Lavriaga, doctora.

—Y esto fue en el accidente, ¿verdad? Disculpame, es que recién tomo turno.

—Sí, en el accidente. Me operaron hace uno o dos días. ¿Se sabe algo?

—No, que yo sepa, no.

Andrés se quiere acomodar en la cama, pero le cuesta apoyarse en sus propios brazos para traer el resto de su cuerpo, otro cuerpo, hacia él. Como un acto reflejo de lo que hay que hacer, Julia apoya la libreta sobre la mesa de luz y se acerca, diligente, al cuerpo mutilado. Lo toma por el tronco con ambos brazos y lo rodea para ayudarlo con la fuerza. Le indica a Andrés que cuente hasta tres y, una vez cumplido el recuento, él se impulsa y ella hace el resto de la fuerza. Tanta, que hasta le cuesta despegarse, fatigada. Siente un punto zafarse en la herida de su pierna.

—Gracias, doctora, gracias. ¿Usted no sabe para cuánto tengo yo acá?

—No lo sé…, eso depende de cómo vayas evolucionando. Bueno, me voy yendo, mañana de noche paso de vuelta.

—Muchas gracias, doctora.

Julia apaga la luz de la portátil sin preguntar, del mismo modo que lo hacen los padres o las madres en los avisos de tabletas para mosquitos. Al salir al pasillo, los órganos comienzan a latir debajo de los huesos y, con la espalda apoyada contra la pared contigua a la puerta de la habitación, recupera el aliento con una inhalación entrecortada.

Por un instante, el pasillo, la habitación, los azulejos de las paredes, la camilla estacionada a unos pocos metros, dejan de parecer lo que son, como cuando se deshace el mundo detrás de las ventanillas los días de lluvia. Por qué había hecho eso. Por qué llevaba la túnica de una doctora y por qué se había hecho pasar por ella. Por qué había sido testigo y víctima. Por qué no estaba enojada con la suerte o el destino. Por qué estaba ella ahí y no en otro lugar. Por qué se había levantado de su cama. Por qué había pasado una noche escondida en el placar de trastos de un hospital. Por qué no aparecían las ganas de volver a su vida anterior. ¿Qué era esto?, ¿una pesadilla?, ¿un sueño?, ¿un videoclip?, ¿un cuento? ¿Había perdido la razón? Recuerda una película.

El protagonista usurpaba casas cuando sus dueños estaban de vacaciones. Se daba cuenta de que no había nadie adentro por la cantidad de folletos amontonados debajo de la puerta. Una vez que lograba entrar, habitaba la casa, la hacía propia. Si había platos sucios, los lavaba; si había ropa tirada, la doblaba. Un habitante secreto. Luego se iba. Nunca volvía a su vida porque entraba a otra casa, donde comenzaba de vuelta el ciclo de asociar olores de otros a sus propios estados de ánimo, de mirar fotos en los portarretratos como si fuera una revista de sala de espera. De sonreír con las muecas de esas vidas y después arrimar, con el cuenco de una mano, las migas que habían dejado en la mesa ratona antes de irse de vacaciones.

El protagonista de esa película se había quedado atrapado en ese purgatorio de otros, sin tiempo, sin devenir; solo un espacio en el que flotar, en el que podía sentirse libre, despojado de una vida propia de la que hacerse cargo.

Un día, al entrar a una casa, se da cuenta de que no está vacía. Decide convertirse en un hombre fantasma: acompañar coreográficamente los movimientos de la mujer que habitaba ese espacio, ser una sombra con la destreza de las partículas elementales.

Julia ya había visto al mundo sin ella cuando lo observaba escondida bajo la lona de la Mehari. Era tan placentero el momento del primer grito con su nombre y tan siniestro pensar en no volver y en el dolor de su madre, de su padre, de sus hermanos, de sus amigos. «¡Julia, está la comida!» y ella se acurrucaba en ese asiento trasero, que a veces tenía olor a su piel contra el cuero rajado con polifón a la vista y, otras, tenía el olor a las herramientas de Javier y a los perros. Era invisible. Como el personaje de la película o el de un libro que leería de grande, aun antes de que se escribiera, sobre un tipo que se escondía en un altillo y se hacía amigo de una rata.

En ese instante, mientras la madre volvía a gritar su nombre, la imaginaba desconcertada mirando hacia las esquinas, aguzando la vista, buscándola. Sin haber visto el futuro, pero sospechando, Julia tenía la certeza de que esos momentos eran reservados a la niñez o a una adolescencia que arreciaba con deseo e incomodidad. Crecer sería, estaba segura, volverse visible: un blanco eternamente perseguido por la mira de un francotirador.

Y a ella lo que de verdad le gustaba era negarle al mundo su potestad de criatura viviente. Engañarlo. Hacerle creer que no estaba más en él, eliminar del brete a los testigos. Esconderse era una burla, más que un juego. Una forma de ser y estar, todo en uno, como el verbo en inglés.

Existir sin ser vista era su superpoder preferido. El hombre invisible, más que la mujer maravilla. Aunque también le gustaba el don de viajar en el tiempo. Una puerta a otra dimensión donde fuera posible reinventarse.

—¿Doctora? ¿Precisa algo?

Julia abre los ojos. Se da cuenta de que todavía sigue pegada a la pared contigua a la habitación de Andrés Lavriaga. Mira hacia abajo y ve el hilo de sangre avanzar por su pantorrilla, que atina a esconder detrás de la otra pierna. Le cuesta entender para poder contestar o dar una señal. Son pocos los segundos que pasan antes de darse cuenta de que ella es Julia Bazin, que está herida, que todo su cuerpo le recuerda que existe, porque en los sueños el cuerpo no duele; que hace un día se levantó de su cama y se fue; que lleva una túnica blanca con un nombre que no es Julia Bazin bordado en el bolsillo del pecho derecho; que el policía le está hablando, apostado en la puerta de la habitación del otro sobreviviente.

En las últimas horas parece haber adiestrado sus reflejos. Observa a su interlocutor, mientras lleva su mano al bolsillo bordado para simular que se entretiene, casual, con la lapicera enganchada en él. Un hombre de mediana edad, grueso, con acento rural. Se metió en la escuela de policía, le dieron un uniforme, quizás hasta se casó y tuvo varios hijos, y ahora está haciendo turno acá, custodiando a uno de los chorros que sobrevivió.

—Sí…, digo no, no. Gracias.

—Ah, porque la vi medio pálida, doctora, como que se sentía mal. ¿Le hizo algo este?

—No, no. No se preocupe. Estaba descansando. Muchas gracias.

Julia se despide con ademanes torpes y vuelve a agradecer, incluso cuando ya rumbea para el pasillo de las escaleras, que la llevan al recinto de las escobas en el que pasará la noche.

«¿Cómo es Andrés Lavriaga? ¿Será un hijo de puta o será un pobre tipo?», piensa un rato más tarde, mientras adapta su cuerpo al área del placar en posición fetal, como la asistente de un mago que toma la forma de una valija y desaparece.

7

Cuando entraron al salón de maquinitas de Marito, Andrés tenía la mente en otro lado. Había quedado como flotando desde el día anterior. Más de un mes había estado ahorrando para poder pagar el cuarto. Moneda a moneda, jornal por jornal, separaba lo que era para los víveres de la casa y para la luz, de lo que iba a destinar para hacerle el amor a Fátima.

Finalmente llegó a la cifra que le pedían en la casa de masajes. Pero después se dio cuenta de que no era lugar para llevar a Fátima, aunque las chicas lo habían arengado cuando fue a preguntar si le podían alquilar un cuarto con una que no fuera de ahí. Incluso Scarlet —su nombre real era Valeria—, que a él siempre le había parecido hermosa desde que se sentaban juntos en la escuela, le dijo que podía llevar a «la noviecita», según fueron las textuales palabras, a las que agregó: «Nosotras te la cuidamos». Pero lo que sentían se merecía algo mejor. Así que ahorró un poquito más. Medio mes extra estuvo juntando los billetes en una cajita de lata, que guardaba debajo de la cama como los niños.

—¿Falta mucho? —le preguntó Fátima con tono fastidioso—. Se me van a arruinar las sandalias.

Tenía razón. Llevaban caminadas como quince cuadras ya. Habían pasado el arroyo, la cañadita, la estancia de Vicario, uno de los mejores fabricantes de vino de la zona; habían bordeado el predio donde están los aviones viejos e incluso habían hablado de que algunos tienen trompa de dibujo animado.

—¿Decime si no es como si tendrían cara?

—Como si *tuvieran* —corrigió Andrés—. Parecés porteñita.

—Eso, como si *tuvieran* cara. Les haría bigotes y pequitas.

Pero eso fue antes de que Fátima se quejara por lo de las sandalias. Ese día Andrés la pasó a buscar por la casa. Se había puesto camisa y todo. Y la Vorago fresca que tenía reservada para ocasiones especiales, como ir a lo de Scarlet o a la biblioteca. Aunque ya para ir a buscar libros no se perfumaba tanto, porque, si no, lo alquilaban los viejos del ajedrez.

Fátima se había puesto una solera negra que se ataba detrás del cuello y le formaba un triángulo en el pecho. Sin escote, los hombros descubiertos eran puntiagudos, la piel brillaba sobre el extremo del húmero bajo la clavícula. Es que ese día se había puesto todo lo que le quedaba de la crema humectante. Después eligió la mejor bombacha que tenía, sin hilitos y sin manchas, porque con el tiempo y el uso la tela se decolora, como si saliera hipoclorito por ahí abajo. Con palabras parecidas se lo había insinuado Ernesto una vez que se fijó. Le dio tanta vergüenza, que a partir de ahí se empezó a poner algodón todos los días para cuidar las telas. Y ahora que iba a salir con Andrés quería elegir la mejor, la más delicada. Él era delicado porque era inteligente.

Del soutién no tenía que preocuparse: ese vestido quedaba mal con breteles a la vista. Además, Andrés tenía fascinación por sus tetas chiquitas. Ella no entendía bien por qué, por qué era tan distinto a todos los tipos, a los que les gustaban las tetas grandes. Fátima había pasado la vida entera poniéndose relleno para aparentar y que no se le burlaran en la cara, sobre todo en el liceo. Y, de pronto, un día, el más inteligente del barrio le dice: «Cómo me calientan tus tetas, no tenés idea», y ella sintió como una descarga en la ropa interior y grabó esa frase en su mente para siempre. Más adelante, quizás en la noche del hotel, ella le preguntará por qué le gustan tanto y él le dirá que le gustan porque son elegantes y, sobre todo, por la forma de los pezones, que se parecen a unas galletitas y les cambia el sabor cuando los tiene dentro de su boca. Y Fátima le va a dar un beso después de eso, le va a chupar la lengua una y otra vez.

Pero ahora estaban caminando y Fátima estaba fastidiada.

—Me estoy transpirando toda, nene, no seas malo. Me podías haber avisado que quedaba en la quinta de las albahacas el telo.

Andrés se frustró. Debería haber tomado prestado un auto del taller. Recién se le ocurría la idea, pero no se la contó. Sintió también un poco de rabia porque no era un telo a donde iban, era un hotel, el que había podido pagar, pero hotel.

—Falta poco, hermosa. ¿Querés que te lleve a caballito?

Andrés no lo decía en serio, pero Fátima le dijo que sí y él no quiso contradecirla. Es lo menos que podía hacer. Así que se agachó delante de su novia y Fátima afianzó los brazos alrededor de su cuello y se dio impulso con las piernas. Era tan flaquita, que Andrés sintió que muchos de los enseres del taller que movía día a día con su hermano pesaban más. Un motor pesaba más.

Andrés empezó a caminar. Atrás quedaban los aviones viejos del aeródromo y comenzaba la hora en que el atardecer en esa zona refracta contra la pista y los fuselajes. El rojo se confunde con el amarillo, porque en Melilla todo es amarillo.

—¿Mejor?

—Sí, mucho mejor. Ay, ta, mirame los pies, todos mugrientos... ¿Me vas a querer igual?

—Ahora te los lavo yo esos pies y después les doy besos.

—¡Ay, callate, asqueroso! ¿Cómo me vas a dar besos en los pies?

—Bueno, no te doy. ¿Dónde querés que te dé besos?

Fátima se rio mientras dibujaba la oreja de Andrés con la punta de la lengua.

—A ver, dejame pensar. En la boca..., en la boca y en las tetas.

Esa noche cogieron e hicieron el amor, como les gustaba decir según lo indicara el momento. Hablaron mucho sobre ellos mismos, sobre las cosas que se decían y sobre cómo se las decían. Entraron a esa caja de resonancia de los enamorados, en la que ambos proyectan una y otra vez los negativos con la historia del primer encuentro, la sensación del hallazgo, los nervios iniciales y el ascenso hacia la revelación de haber sentido que eso, y no lo anterior, era el verdadero amor. Esa sensación de que el resto de los vínculos o noviazgos han sucedido en vidas completamente ajenas, en donde ambos eran otras personas.

Acostada boca arriba y con la cabeza apoyada contra la pared, Fátima se concentraba en las flores del empapelado del cuarto. No eran muy lindas, pero ella las memorizaba como un recorte que iba a tener a mano para reconstruir, con ese pedacito fijado en la mente, todo aquel momento. Un espacio en el que las palabras se formaban delicadas y prolijas, donde no había cortinas para dividir los ambientes.

Mientras Fátima miraba las flores, Andrés la miraba a ella y le ponía una y otra vez el pelo detrás de la oreja con un dedo.

—Nunca me había calentado tanto con nadie.

Fátima se dio vuelta y, con un brinco ágil y aniñado, atrapó la cintura de Andrés con las piernas. El pelo ondulado y negro le caía a los costados de la cara y algunos mechones finos se le metían en la boca.

—¿Cómo que nunca te había calentado tanto alguien, nene? ¿Habías estado con alguien antes de mí?

Luego de su pregunta estalló en una carcajada, que continuó con una sesión de cosquillas en la que valía todo, incluso los pies. En esa lucha, Fátima le pegó una patada a la lámpara portátil, que voló contra la pared, y la losa con dibujos, como los de las tazas viejas que se cascotean en los bordes, se hizo añicos contra el piso.

Andrés se preocupó por un segundo porque habría que pagarla y tenía los pesos contados para invitarla con el desayuno, que no estaba incluido. Fátima se reía todo el tiempo. Desnuda arriba de la cama, ya no se molestaba en taparse con la sábana o en dejarse la solera puesta como la primera vez. Ahora estaba tan confiada en el deseo que ambos se profesaban, que su cuerpo era el cuerpo de los dos, una cartografía de todos los anhelos.

—¿Te acordás cuando te me paraste adelante y me viniste a preguntar qué estaba leyendo?

—Obvio que me acuerdo —retrucó ella—, estabas todo divino, ahí, haciéndote el interesante contra la chapa de Manga. Me dijiste que el libro que estabas leyendo hablaba de ser como nosotros. Ahí me mataste. No me olvido más.

—Lo traje. Como no había tele, por si te aburrías.

—Ah, pero vos sos de otro planeta, ¿de dónde saliste, Andrés Lavriaga? Me voy a derretir.

—¿Querés que te lea en voz alta?

Fátima le agarró la cara con las dos manos. No sabía qué la excitaba más, si la proximidad del cuerpo de Andrés o todas esas palabras y esa forma de decir que no se parecía a nada que hubiese escuchado jamás. Andrés lograba que ella viera las palabras, que fueran bichos, animales, caricias, poros. Las palabras dichas por Andrés tenían olor, no el olor de las cosas, sino el de ellas.

—¿Y a vos qué te parece, nene?

> *Dío Fetente se ha despertado y comienza a vestirse, es decir, a ponerse los botines. Sentado al borde del camastro, sucio y barbudo, mira en redor con aire aburrido. Alarga el brazo y coge la gorra, entrándosela en la cabeza hasta las orejas; luego se mira los pies, los pies encalcetados de groseras medias rojas, y después, hundiendo el dedo meñique en la oreja, lo sacude rápidamente produciendo un ruido desagradable. Termina por decidirse y se pone los botines; luego, encorvado, camina hacia la puerta del cuartujo, se vuelve, mira por el suelo y, hallando una colilla de cigarro, la levanta, sopla el polvo adherido y la enciende. Sale.*
>
> *En los mosaicos de la terraza escucho cómo arrastra los pies. Yo me dejo estar. Pienso, no, no pienso, mejor dicho, recibo de mí adentro una nos-*

talgia dulce, un sufrimiento más dulce que una incertidumbre de amor. Y recuerdo a la mujer que me ha dado un beso de propina.

Estoy colmado de imprecisos deseos, de una vaguedad que es como neblina, y, adentrándose en todo mi ser, lo torna casi aéreo, impersonal y alado. Por momentos el recuerdo de una fragancia, de la blancura de un pecho, me atraviesa unánime y sé que, si me encontrara otra vez junto a ella, desfallecería de amor; pienso que no me importaría pensar que ha sido poseída por muchos hombres y que, si me encontrara otra vez junto a ella, en esa misma sala azul, yo me arrodillaría en la alfombra y pondría la cabeza sobre su regazo, y por el júbilo de poseerla y amarla haría las cosas más ignominiosas y las cosas más dulces.

Y a medida que se destrenza mi deseo, reconstruyo los vestidos con que la cortesana se embellecerá, los sombreros armoniosos con que se cubrirá para ser más seductora, y la imagino junto a su lecho, en una semidesnudez más terrible que el desnudo.

Y aunque el deseo de mujer me surge lentamente, yo desdoblo los actos y preveo qué felicidad sería para mí un amor de esa índole, con riquezas y con gloria; imagino qué sensaciones cundirían en mi organismo si de un día para otro, riquísimo, despertara en ese dormitorio con mi joven querida calzándose semidesnuda junto al lecho, como lo he visto en los cromos de los libros viciosos.

Y de pronto, todo mi cuerpo, mi pobre cuerpo de hombre, clama al Señor de los Cielos.

Andrés no supo hasta dónde habría escuchado Fátima. Sí supo que, cuando terminó de leer, ella dormía con la cara recostada en su brazo. En una de las comisuras de la boca, una gota de saliva destellaba perlada como la sangre de algunas plantas al romperles el tallo. El cuerpo acurrucado junto al de él.

Dejó el libro en la mesa de luz y, al pararse, un pedazo de losa de la portátil le laceró el talón. Se estiró sobre la cama y tapó a Fátima con la sábana y la colcha. Después juntó uno a uno los trocitos de lámpara y los dispuso arriba de la mesa de luz. En el pedazo más grande estaba Blancanieves, casi entera, solo le faltaba un brazo. Durante unos minutos Andrés se obsesionó con encontrarlo. Cuando finalmente lo encontró, ya había incluso armado a todos los enanos.

Se dio una ducha pensando en que probablemente esta había sido la mejor noche de su vida. Al regresar con el cuerpo húmedo y con los poros henchidos por el vapor y el diminuto jabón del hotel, se acostó con Fátima y se acurrucó junto a ella. Mañana, después de dejarla en su casa, se encontraría con Ernesto para ir al centro a hacer un par de llamadas.

En que había dejado el puzle de losa armado en la mesa de luz y se había olvidado de tirarlo pensaba Andrés, mientras Ernesto hurgaba los bolsillos buscando la servilleta de papel donde tenía anotados los teléfonos que le había pasado el Menta.

Habían ido a hablar al salón de maquinitas de Ñacurutuces, a donde iban siempre después del liceo. El teléfono de Antel a disposición todavía era con fichas, porque tarjeteros había en los barrios más pudientes, y el Movicom era cosa de la gente de guita a la que le gustaba jetear con el ladrillo. Acá era *monedero*, como le decían las señoras. Marito los saludó con cortesía cuando los vio entrar. Se acordaba perfecto de los hermanos Lavriaga.

—Hola…, eh…, sí…, yo quisiera hablar con Alejandro. —Ernesto sacó, nervioso, el papel con los teléfonos que había vuelto a meter en el bolsillo—. ¿El señor Pintado?

—Sí, un momento… ¡Papá! —gritó una niña al otro lado del tubo—, ¡teléfono!

Entre los ruidos de la casa, la vajilla, unos perros ladrando y el llanto de un niño chico, una voz grave y ronca preguntó: «¿Quién es?», con displicencia.

—Dice mi papá de parte de quién.

—De un amigo del Menta, decile.

Otra vez los perros, el llanto del niño, los platos, los vasos, el mantel de hule, un «Bajate de ahí que te vas a caer».

—Hable.

—Hola, sí, ¿hablo con Sinatra? ¿Alejandro?

—El mismo. ¿Quién habla ahí?

—Le cuento, los otros días hablé con el Menta y para lo que yo ando precisando me pasó su teléfono y el de su amigo el Chaco.

—Bueno, pibe, sin gre gre. Pasame tu dirección y en estos días me pego una vuelta. ¿Anda bien el Menta? Después de lo de Scalabrini se borraron esos sabandijas.

—Sí, sí, andan lo más bien. ¿Tiene para anotar?, le paso la dirección mía.

8

Lo inesperado. Julia se camina a sí misma. Arma frases que la conecten con el resto del mundo. Con todo aquello en lo que alguna vez creyó y aquello en lo que dejó de creer. Se siente distinta. Ahora es ella aquel protagonista de una novela que leyó o que leerá. Un obrero de la construcción que se encierra en un altillo porque mató a uno que no se podía. Porque matar no se puede acá ni en esa novela, entonces se escondió. No recuerda si era en Recoleta, Carrasco o Park Slope.

Las casas de los ricos. Mansiones tan distintas a la vida, que parecen despegar como cohetes, con sus cúpulas siempre más cerca del cielo que las iglesias. Ella es la rabia ahora. Le gustaría trasladarse al futuro y leer aquel libro para obtener instrucciones. Para saberse acompañada.

Se da cuenta de que quiere volver a ver a Andrés. Piensa en su pierna. Los ecos del accidente vuelven ahora librados de miedo. Es otro el sonido de los huecos cuando algo adentro parece conectar. Acomoda los trastos que de pronto se le vienen encima. Es tan chico el recinto, el placar, su propia buhardilla. Piensa en las palabras, en que esa es argentina, que acá no se dice *buhardilla*, se dice *altillo*. Igual ambas son ásperas y, repetidas, forman el sonido del polvo cuando se barre con escobas de sorgo.

Busca entre las cosas de Mónica Elzester que robó en la primera escena de esta, su construcción. Necesita conseguir ropa interior. El cuerpo es tan humano que es delito, siempre. Una marca, un ciclo, las lágrimas, cicatrices, la mierda. No puede ocultarse del mundo porque su cuerpo existe. Porque existen sus huellas, su pelo, su bombacha. Hay que saber hacerse cargo de los ocultamientos. Existe una percepción criminal, como si lo oculto fuese delito desde que la historia empieza a contarse. Andrés es un criminal.

Por qué estaba ese día en el auto, por qué sobrevivió. ¿Quiénes más iban en él? ¿Tendrá familia? ¿Cómo es su vida? ¿Y la de ella? De pronto, la noción abrumadora de pensarse en la vida de otro. Un desconocido que, por un hecho fortuito, trágico o afortunado, se mezcla en una configuración imprevista. Porque Julia hace tres días no imaginaba que tendría un accidente, que sobreviviría, que desde entonces tendría nuevos recuerdos que amoldar, como los cadáveres en la ruta, los zapatos sobre el asfalto separados de sus dueños tras el choque. En todos los choques pasa eso. Su madre siempre lo decía. Reparaba en que los zapatos son siempre testigos, bocas y ojos de goma o de cuero, indicios destinados a los galpones de la policía técnica.

El aire va más rápido que siempre.

Julia mira desde el último gabinete del baño público del pasillo. Hay una ventana chica, esmerilada, como un tragaluz. Piensa en eso. Descuartiza los significados. *Tragaluz.* Como un agujero negro, como un monstruo luminoso que se come las horas y los días para poder vivir.

Julia mira por el tragaluz, que da a un patio. Un patio interior del hospital, donde enfermeros y médicos son iguales. Todos allí. Julia los ve en conjunto, pero de pronto siente la necesidad de construirles una vida a cada uno. Por ejemplo: hay un hombre que tiene zuecos. Ese zapato tan característico de las enfermeras desde que el oficio es un cuadro que nos invita a cerrar la boca. Mueve una de sus piernas, que está cruzada sobre la otra. Está apoyado en sus rodillas, mira el piso. Fuma. En algún momento eleva la cara y mira hacia arriba. Julia se asusta, se agazapa. Vuelve a mirar. Tal vez el hombre de los zuecos es un médico y está ahí pensativo porque no pudo. Porque, en su realidad, su trabajo es entrar, marcar el tiempo en un reloj, permanecer, cortar la piel de una persona, hurgar entre sus órganos, sacar lo que no sirve, desordenar entrañas, acomodarlas. La sangre es como agua.

Mientras observa al corro desde su escondite, se acuerda de sus días en la facultad. Piensa en el tabaco cayendo sobre el jean y en la escalera de la entrada: una grieta a otra dimensión. Aquel año, la educación pública había promovido un plan de intercambio. Todos quienes estudiasen en la Universidad podrían cursar una materia optativa de otra facultad, aunque no estuviese relacionada con su propia carrera. Fue un lío que nunca más se instrumentó, porque las pautas no fueron claras y no tenía sentido que un estudiante de Bibliotecología cursara Anatomía Patológica en la Facultad de Medicina.

Julia, que era estudiante de la Facultad de Ciencias —porque lo que ella quería era entender a los organismos vivos en su mínima expresión—, eligió un curso de Semiótica en la Facultad de Filosofía y Letras. El profesor ese día estaba más recalcitrante que nunca. El hombre casi no podía caminar. Le decían *Mr. Glass*, como al personaje de Samuel L. Jackson que había nacido frágil como contracara necesaria de la perfección. El profesor tenía las piernas rotas, la espalda hecha trizas, pero igual se empeñaba en que alguien lo llevara a dar clases dos veces por semana. Era tan penoso verlo subir las escaleras de la entrada, que después se le perdonaba todo mientras daba su cátedra, hundido en la cabecera de una mesa oval de una sala de decanato que se convertía en salón de clases.

Eran todos tan jóvenes. Julia y sus compañeros lo escuchaban, anotaban en sus cuadernos y libretas frases célebres y principios de la semiótica y de la vida, como «Lo que es, no es; lo que no es, es», y armaban tabaquitos arriba de la mesa, porque el viejo fumaba y habilitaba: uno, dos, tres mil. La compañera embarazada abandonó al tercer encuentro, pero nadie la extrañó.

Una tarde, el profesor espetó que, en la clase siguiente, quienes estuvieran asistiendo al curso debían presentar los temas para el trabajo final del semestre. Arengada por un compañero de Ciencias, Julia había leído por entonces *La cosa del pantano*, esa historia de amor monstruosa sobre un científico mutante confinado a vivir sin ser visto en las profundidades de un lago de Luisiana.

Pasó una noche fundamentando la propuesta para su trabajo. La semiótica había pasado de moda. Eso decían en los pasillos de la Facultad de Letras. Pero Julia tenía una particular inclinación a entender lo que es y lo que parece, aquello que está en lugar de otra cosa. Era como apretar palabras entre los cristales bajo la lente del microscopio, en vez de lactobacilos y levaduras. Después de todo, pensaba: ¿cuál había sido el origen de la vida?, ¿un Big Bang o un estallido etimológico? Las religiones lo tenían saldado, no por negar un origen científico, sino por haber diseminado como un virus la noción de que el mundo fue creado con la palabra. La palabra cura y perdona. También amenaza y castiga.

La discusión en la mente de Julia no era la ciencia versus la fe, sino el poderío del nombre frente al hecho. Cada organismo unicelular, cada bacteria, cada virus, cada hongo, existe en el mundo porque está dicho. Así, se preguntaba Julia, mientras volvía a sacar de la repisa su edición de *La cosa del pantano*, dónde estaba el mundo antes de que alguien escribiera *etimología,* la palabra que explica el origen de las palabras.

En la clase siguiente, entregó el manuscrito con la propuesta. El viejo recibió todos los marcos teóricos y los fue apilando arriba de la mesa de cármica blanca y veteada, como la de los bares. Con una mano depositaba la ceniza en el cenicero, como un tic; con la otra acariciaba los papeles y desafiaba la lógica corporal hablando a pesar del dolor que seguro sentía.

Un compañero entró tarde y jovial, como quien irrumpe en una reunión de amigos. Y el viejo era ese tipo de profesor que se creía una deidad, alimentada por la admiración y la ignorancia naíf de sus escuchas. De un minuto a otro, sentenció que le importaba una mierda las propuestas y que iban a escribir sobre lo que él quisiera.

Miró a Julia mientras pensaba.

—*El hombre de arena* —dijo—, van a escribir sobre *El hombre de arena.*

Era de esperar que nadie supiera que se trataba de un cuento fundamental del famoso escritor prusiano E. T. A. Hoffmann. Hubo malestar y quejas por lo bajo porque al viejo nadie se le animaba. Esa noche Julia regresó a su casa, volvió a poner *La cosa del pantano* en la repisa y sacó de la mochila el compendio de hojas fotocopiadas.

Ahora, mientras mira los zuecos del médico enfermero, la voz de su mente recita un extracto, lo susurra, con la cadencia de un poema.

> *... entonces imágenes fantásticas e invisibles en el espacio y las palabras se exhalan entrecortadas. En vano los amigos te rodean y te preguntan qué te sucede. Y tú querrías pintar con sus brillantes colores, sus sombras y sus luces destellantes, las vaporosas figuras que percibes, y te esfuerzas inútilmente en encontrar palabras para expresar tu pensamiento.*

Entran dos mujeres al baño y la voz de la mente de Julia se calla, se apaga. Tira de la cisterna, vuelve a mirar por el tragaluz. Se quita la bombacha manchada, se limpia con papel y desenvuelve uno de los tampones que encontró en la mochila de Mónica Elzester. Se sube la túnica hasta el estómago, pero la tela cae una y otra vez. Entonces la enrolla hasta la boca y muerde el borde. Apoya la pierna sobre el inodoro e introduce el tampón, ayudada por el dedo anular. Se limpia la mano. Abre apenas la puerta del gabinete y se asegura de que no haya nadie en el pasillo de los lavatorios. Con movimientos cada vez más decididos y precisos, como si hubiese calibrado tiempo y trayectoria, sale.

Al apretarlo, el dispositivo regurgita el jabón líquido sobre la bombacha manchada. Abre la canilla y la friega. La sangre se diluye entre la espuma y cae en la pileta blanca junto con el agua. Retuerce y enjuaga. Se lava las manos y arranca una cantidad suficiente de papel, que guarda en la mochila. Se mira. Es otra, aunque todavía lleve el mismo corte y color de pelo.

Piensa que tendrá que hacer algo con eso. Al salir al corredor, se mezcla con la gente, apura el paso. Siente el cosquilleo del hilo entre los muslos.

9

Ese día Ernesto estaba nervioso. Se levantó a las seis, hizo el mate, después se fue al taller. Cuando apareció Andrés, lo vio al hermano moviendo cosas de acá para allá.

—¿En qué andás?

—Y nada, acá, poniendo presentable un poco esta mierda. No lo vamo a recibir así nomás al Sinatra este, me da cosa este quilombo.

—¿Pero ayer no te dijo que venía *en estos días*?

—Sí, me dijo, sí. Pero para mí viene hoy. Lo presiento.

—¿Y qué le vas a decir?

—Qué le *vamos* a decir…

—Bueno, sí. ¿Qué es lo que querés hacer?

Ernesto dispuso dos sillas y ambos hermanos se sentaron enfrentados, prácticamente rodilla con rodilla. Desde que Andrés había formalizado lo suyo con Fátima, Ernesto había dado un paso al costado. Por aquel entonces, cuando peregrinaba entre los bares de Melilla y dormía siestas debajo de algún árbol para evitarse a la madre, había pispiado a la cajera de la casa de créditos y préstamos. Era una mujer joven, uno o dos años más que Fátima tendría. Y Ernesto, según le contó a Andrés en esa charla de hermanos, le fue arrimando el bochín a la salida del laburo.

—La primera vez se me asustó, no sabés. Se pensó que la iba a robar. Pero enseguida le dije: «¿Me dejás acompañarte, divina?». Viste que a las minas les gusta que les digas así. Y si bien apuró el paso, medio nerviosa, le fui sacando tema y me porté como un duque. Al otro día la volví a esperar. Cuestión que, a la semana, ya me estaba cogiendo a la pendeja.

—Hablá bien, bo.

—Ay, ahí salió el recatadito, dale, qué te hacés el nunca visto ahora... Bueno, cuestión: hace como un mes de esto ya. Me quiere presentar a la familia y todo. Viven allá atrás del aeródromo. Pero yo no me quiero andar complicando. Y, bueno, resulta que los otros días estábamos hablando ahí, en la pieza de ella, porque la madre no estaba, y se me da por preguntarle si se hacía mucha guita ahí donde labura.

Desde entonces Ernesto no había podido pensar en otra cosa. Inspirado por los relatos famosos y los diarios, se había consustanciado con todos los robos a bancos. Hasta algún libro de los de Cristina había ojeado. De cada uno había ido anotando, estudioso, lo que convenía hacer y lo que no.

—Es para lío esto, Ernesto, dejate de joder. Vamos a quedarnos tranquilos. Es para lío, vos sabés. La Filo se va a morir tarde o temprano y nos vamos a quedar los dos con el taller y a manejarlo como nosotros queremos. Yo sé que no es mucho, pero zafamos los dos. Vos viste lo que ha sido después de la crisis esto. No seas malo, hermano, tenemos suerte todavía. Yo pienso incluso que un día hasta podrían venir a vivir con nosotros Fátima y la gurisa esta, si querés. ¿Cómo se llama? No me dijiste.

—La Ceci. Cecilia se llama. Pero escuchame. De ella te quería hablar. Porque está enamorada la botija, la tengo comiendo de la palma. Está dispuesta a ayudarnos. Me contó todo. Los horarios, la remesa. Todo.

Ella es la última en irse; bueno, la última no, porque hay un sereno toda la noche. Pero me dijo que lo podría distraer mientras nos abre la puerta. De ahí a la caja de seguridad, un pasito.

—¿No me digas que metiste a la gurisa en esto? No seas malo, Ernesto, sos un hijo de puta.

—¡Pará! Nos va ayudar, aparte no es gila la mina. Sabe que con esto se para pa toda la zafra también. ¿Qué te pensás?, ¿que lo hace por mi bonita cara? Es más viva...

Esa tarde, Andrés se fue al aeródromo a ver el atardecer. Cada tanto veía cómo despegaba alguna avioneta y se quedaba expectante del regreso. Cuando llegaba el momento de un aterrizaje, se paraba. Le encantaba ese microsegundo en el que el mundo parece inclinarse junto con una de las alas, ese momento en el que el avión se desestabiliza y la suerte sola no alcanza sin pericia, sin el tino de alguien.

Una vez había visto un avión prenderse fuego. Habían ido todos a pasar el día al predio lindero. En aquel tiempo anterior, a su madre también le gustaba ver despegar y aterrizar las avionetas y es probable que ese gusto fuera heredado. Esa vez de la explosión, su padre se había ido hasta el monte a buscar piñas para la estufa, Ernesto y Andrés jugaban en el pasto con autitos y la madre disponía los enseres para el almuerzo en la mesita plegable que usaban siempre para irse a pasar el día al arroyo, a la cañada o ahí, al predio de los aviones.

«¡Miren, chiquilines!», había dicho la madre, y Ernesto y Andrés despegaron la vista de los autitos y miraron cómo venía serpenteando la avioneta, dejando una estela de humo ennegrecido por detrás, que a veces parecía a propósito, como si el piloto estuviese buscando hacer una destreza para escribir algo en el cielo. Madre e hijos miraban hacia arriba con las bocas abiertas, hasta que vieron cómo el humo se iba tornando negro y el curso de la avioneta era de pronto errático, hasta que se detuvo. Se detuvo en el aire un segundo, y luego cayó en picada, como caen los aviones que se arrepienten en el aire.

Andrés salió corriendo hacia adelante. Cruzó la ruta sin mirar, sin escuchar los gritos de su madre ni los de su hermano, que también gritó su nombre y quiso salir tras él, pero Nibia lo agarró del brazo. Para cuando Andrés llegó al alambrado y pegó a él su cuerpo de niño de siete años, la bola de fuego ya se había comido todo. Andrés lloró y se ahogó en su propia respiración, que no podía completar el ciclo. De pronto, aparecieron el padre, la madre y Ernesto. Pero Andrés seguía aferrado al alambrado con las dos manos, mirando ahora cómo el camión de bomberos aparecía desde un lateral y comenzaba a echar un chorro inútil de agua.

—Sacalos de acá —le ordenó Prudencio a Nibia. Y Nibia intentó obedecer, pero no pudo. Porque Andrés le corrió la mano y el brazo cuando lo quiso agarrar.

Ernesto miraba arder el fuselaje con la boca tan abierta, que la pera le hacía sombra en la clavícula. Estaba impactado, pero, aún así, lejos estaba de la congoja que veía por primera vez tomar cuerpo en los gestos de su hermano.

Prudencio se volvió para la casa, pero Nibia decidió quedarse. Agarró de la mano a Ernesto, cruzaron la ruta de regreso a donde habían quedado dispuestos los refuerzos para el almuerzo y se sentaron a mirar el desastre. La espalda de Andrés era un punto pequeño contra el alambrado.

Una hora más tarde, quizás dos, los bomberos lograron extraer el cuerpo del piloto. Andrés no volvería a ver en la vida el horror tan de cerca, no hasta el accidente o hasta que su madre se transformó para siempre.

10

Se puede decir que Julia y el policía ya se saludan cordialmente. Ni bien ella pega la vuelta desde la escalera de servicio, domina el ritmo de la respiración para volverla pausada y para que las pupilas muten, de un momento a otro, su aspecto reptiliano. Acomoda el buzo bajo la axila. Así, milimétricamente doblado, parece una cartera o un acople que no llama la atención.

Al avanzar por el pasillo, activa el sentido detector de personal de enfermería e identifica si el policía está dormido. De eso se da cuenta fácilmente al constatar el ángulo que se forma entre su papada y el pecho. Hoy está despierto. Así que Julia mete las manos en los bolsillos de la túnica y personifica el andar de médica cuando no hay urgencias a la vista o cuando la actitud corporal ante el paciente afectado demanda una postura liviana, despreocupada, esperanzadora o rutinaria.

Se acerca paso a paso con el pecho levemente inclinado hacia atrás. Con apenas una mirada hacia abajo, similar al movimiento que hacen con los ojos quienes usan lentes de contacto para corroborar si están bien colocados, confirma que la tapa de la libreta de recetas oculta aquel nombre bordado: Mónica Elzester. Ya nadie borda las túnicas. Eso es cosa del pasado o de tener una modista en la familia. Podría ser también un sastre, pero todos sabemos que en este tiempo y espacio bordar es, todavía, un oficio que hacen las modistas de pie en máquina y zurcidor en el costurero.

—Buenas, ¿cómo le va? —dice Julia con una simpatía inédita, impostada, aunque creíble.

—¿Pero cómo le va, doctora? Siempre de *trasnoche imparcial* usted, es de las mías.

—Qué le vamos a hacer, es lo que nos toca. Permiso, eh.

—Pase, pase tranquila. Cualquier cosa me pega el grito.

Apenas atraviesa la puerta del cuarto, el espacio está completamente a oscuras. Por un momento, los vellos de la nuca parecen crepitar ante ese sentimiento tan conocido e irracional que le venía desde la niñez sin que pudiera hacer nada. Mientras, desdobla el buzo y se lo pone, en medio de la negrura de la habitación, que ni el resplandor de las luces de la calle puede vencer, entre las persianas metálicas y horizontales replegadas como un ejército.

Da unos pasos hacia adelante y se lleva puesta la mesita de comer que está atravesada en el medio del cuarto y no al ras de la pared, como siempre. Julia identifica ese *siempre* en su pensamiento. Una regularidad. Una demanda. Se reprueba también por eso. Ni en la reinvención puede prescindir de las características humanas de las que quiere escapar. El calor de la nuca avanza. Ella quería que Andrés la esperara. Que advirtiera también esa regularidad que ella se esforzaba en cumplir. Un acto de amor, aunque no lo fuera. Porque este no era un acto de amor. Andrés estaría enamorado de otra y ella no estaba enamorada de nada. Simplemente había comenzado a agradarle la noción de otra existencia que diera cuenta de la suya, aunque no fuera ella misma exactamente. Existir ante los ojos de un otro y que ese otro apacigüe el esfuerzo ante el mundo. Como el mayordomo del superhéroe en la guarida cuando pregunta si todo está bien, en tanto cuelga la capa, similar a un abrigo, en el perchero.

Después de acomodar a tientas la mesita nuevamente en su lugar, levantándola desde el extremo que no tiene ruedas y arrastrándola desde el que sí tiene, se apoya en la superficie de cármica, que recordaba marrón veteada, y respira hondo. ¿Qué hacía ahí? Una vez más anda entre el silencio. Solo la respiración de Andrés, sostenida y constante, interrumpen su propia voz al volverla consciente.

—¿Estás despierto? —le pregunta, mientras apoya la mano en la cama y toma contacto con la colcha del hospital.

La pierna se mueve, apenas, como una bestia que se despierta por partes al olfatear. Julia saca la mano rápido y da un paso atrás, alejándose del muslo interrumpido, de la intimidad que de pronto se incorpora en la cama. Prende la luz.

Entredormido, con la cara cada vez más pálida por los días de encierro y con un olor ácido en la piel, Andrés se acomoda en la cama reclinada.

—Doctora, ¿cómo le va? Debería dejar prendidas las luces esas de ahí contra el zócalo, porque tampoco da que usted ande a oscuras. Mire si se lleva por delante algo. La doctora de la mañana siempre me prende la luz blanca cuando entra. Usted no.

—No te preocupes, es tarde y estabas descansando. ¿Cómo te sentís hoy?

—Y ahí ando. Quisiera decirle «Mejor me perjudica», pero estoy pensando mucho, doctora. ¿Cuánto llevo acá adentro?, ¿una semana?, ¿diez días? Perdí la cuenta.

—Yo creo que una semana ya —dice Julia, dubitativa, aunque sabe que el accidente fue exactamente seis días antes. Que dentro de un rato ya se cumplirá una semana desde que los levantaron de la ruta y los llevaron ahí. Que mañana será martes 25 de marzo. Que ayer fueron los Óscar—. ¿Viste *Hable con ella*?

—¿Una película?

—Sí, de Almodóvar, ¿te gusta? Ganó un Óscar ayer. —Julia lo había leído en la página de espectáculos de un diario que esa misma mañana encontró sobre la mesada del baño.

—No la vi esa. Es nueva, ¿no? ¿De qué se trata?, ¿me cuenta?

—Es rara, como todo lo de Almodóvar. Transcurre en un hospital; dos hombres, que en el principio de la película se habían cruzado en una obra de teatro, se vuelven a encontrar en un hospital, donde la novia de uno de ellos está en coma y el otro cuida a una bailarina, que también está en coma.

—Ah, un lindo bajón —dice Andrés, y ambos sueltan una risa sincera y dolorida.

—Sí, es bajón, pero está buena, me alegra que haya ganado. Ganó guion, un premio importante.

—Yo los miraba con mi novia, Fátima, a los Óscar, y con mi hermano también, que a veces se sumaba, pero era un clavo porque nunca había visto nada y nos preguntaba todo el tiempo.

—¿Y tu novia dónde está ahora?

—Y, no sé, doctora. Ya pasó una semana según usted y no han venido ni los perros a verme. ¿Usted podrá llamarla a Fátima si yo le doy el número de la casa? No me debe querer ver ni en figurita, porque ella no estaba ni ahí con esta cagada que nos mandamos.

—¿Cómo la conociste a Fátima?

—Uy, es loca esa historia. Ella primero andaba con mi hermano. Nada serio, pero andaban. Y un día, yo no sé bien cómo fue que la cortaron ni si es que habían cortado, la verdad, pero por esos días ella se me apareció una tarde que yo estaba leyendo allá en el barrio, en la vereda. Y, bueno, doctora, por más hermano que fuera no me pude medir, vio cómo son estas cosas. El tema es que me enamoré, perdido.

—¿De dónde sos?

—De Melilla.

—Ah, mirá vos —dice Julia, haciéndose la distraída, porque los médicos que visitan veinte enfermos por piso no suelen recordar todos los detalles de las historias que les cuentan los pacientes—. Bueno, ¿entonces? Me contabas de Fátima.

—Y, bueno, aquella vez se me acercó, yo estaba leyendo un libro que me gusta mucho, y empezamos a hablar y se dio. Después nos pusimos de novios.

—¿Y tu hermano cómo lo tomó? —pregunta, mientras se arrima la silla, con intriga y cierto resquemor, que le ardía en el cuello y en las orejas.

—Mi hermano me dio para adelante. Me sorprendió un poco, en su momento, que se lo tomara así, tan livianito. Mi madre se había hecho Testigo de Jehová cuando nosotros éramos chicos. Y como yo le birlé la novia a mi hermano, me venía una cosa como de que

Dios me iba a castigar alguna vez. Yo nunca creí en nada, pero verla a mi madre me hacía pensar en que de una manera u otra me la iba a ligar. Y mire esta desgracia si no me la gané.

Al ver cómo se le llenan los ojos de lágrimas al enfermo, Julia entiende que no debe seguir preguntando. Si bien desconoce su grado de conciencia en los minutos posteriores al accidente, intuye que Andrés sabe sobre la muerte de su hermano.

—Lo vi tirado, doctora. No me la saco más esa imagen de la cabeza. Me va a perseguir toda la vida. Yo lo seguí en esta. Me convenció una tarde que fuimos al arroyo... —Andrés hace una pausa para disimular la voz que se entrecorta, brutal y sincera—. Me habló de una manera esa vez... Nunca lo había escuchado así. Me dijo que podíamos armar el mundo solo con los sonidos y me pidió que cerrara los ojos. Es como si lo hubiera visto al carpintero, con el pelaje, con las patitas. Yo por eso ando siempre a oscuras. Porque, desde esa vez, es como que veo igual.

Es inesperado. Escucharlo hablar así a aquel chorro que mató a una familia entera. Julia no logra tener empatía, pero tampoco sentir rechazo ni asco. Se sorprende, sí, por ese tufo poético que tienen las palabras de ese desconocido, al que va a ver cada noche disfrazada de otra persona. En ese instante, ella puede ser la Julia que quiera, pero ha elegido ser Mónica Elzester.

—¿Manejabas vos?

—No, manejaba uno de los que venía con nosotros. *El Sinatra* le decíamos. Era el que más sabía de autos y fue quien craneó todo. Mi hermano le siguió el tren y yo lo apoyé. También estaba el Chaco. Era buen loco. A mi hermano le gustaba, creo. Un bandido bárbaro. También murieron, ¿no? —pregunta con toda la melancolía de los aeropuertos despegando en la garganta—. Y en el otro auto, ¿sabe quiénes venían? Yo llegué a ver unos zapatitos, doctora, me parte el alma. De acá me voy derechito al penal yo, y me merezco todos los castigos que vengan. No me mato porque no tengo huevos, la verdad. Y porque quiero ver a Fátima antes de que me lleven.

—Venía una familia de argentinos. La madre, el padre y dos nenes. Bueno, un nene y una nena. Murieron todos en la ruta y el nene más chiquito murió en la ambulancia mientras lo traían para acá.

La cara de Andrés parece ajarse como la tierra en los programas de Discovery que muestran acelerado el paso de los días y las noches durante las sequías. Se convierte de pronto en un espantapájaros, en un judas, en un cuerpo envuelto en arpillera y gasas.

Si bien no se siente contenta, Julia no puede identificar cuál es el sentimiento que comienza a albergar, conforme Andrés se convierte en arena sobre las sábanas. Sabe que todo es parte de una fatalidad. Que las personas se equivocan. Que Andrés, su hermano y los otros dos, cuyos nombres no fue capaz de retener, podían ser, lo que se dice, malas personas o quizás buenas personas que habían decidido robar una sucursal de préstamos ese día, a quienes la muerte fatal de la familia colocaba en el firmamento de lo despreciable. ¿Y qué pasa si el señor Ortiz, quien manejaba el auto de los argentinos, había estafado, mentido, violado, robado o había sido directamente un hijo de puta todos los días?

Julia no lo va a saber nunca. Como tampoco los informativistas ni los televidentes comiendo galletitas al agua a la hora del mate. Julia tiene delante de sus ojos a un delincuente y, un poco, a un asesino. Hacer sentir mal a Andrés al provocarle conciencia de sus carencias y anhelos, sin que él se dé cuenta de sus intenciones, ha empezado a ser un pasatiempo sin aparente justificación. Le gusta escucharlo. Retener los detalles y anotarlos en su mente con la misma minuciosidad con la que apunta sus observaciones de los organismos microscópicos en el instituto donde trabaja. Había estudiado para entender el origen de la vida, pero ahora elabora cremas antienvejecimiento para un laboratorio francés.

—Si querés, yo la llamo a tu novia. Fátima era, ¿verdad?

—Sí, *la intrusa* le decía yo. Por el cuento de Borges. Seguro lo leyó usted, que le gusta el cine, imagino también leer.

—No lo leí a ese. Borges me cuesta un poco, la verdad.

—Ah, tiene que leerlo, doctora. Es de dos hermanos que se pelean por la misma mina. Por eso le decía *la intrusa* a Fátima, aunque cariñosamente y en broma, porque en el cuento la matan. Y yo un poco le decía así para mandarme la parte de que me gustaba leer, no le puedo mentir, porque a ella le gustaba eso de mí. Cómo me gustaría volver a leerlo ahora, no se da una idea.

—¿No ves un poco de tele para matar el rato?

—Es pago el cable y sin antena los canales no andan. Ya Isidro, el nurse, me hizo unas gestiones y mire: me trajo esta radio, que estos días lo es todo. Sobre todo de noche. Hay mucha gente sola de noche me di cuenta, que llama a los programas. Me gusta dormirme escuchando.

Al salir de la habitación, Julia saluda cordialmente al policía sin hablar, pero con una sonrisa impostada y la pera corcoveando. Empieza a caminar y esta vez se toma el tiempo para mirar dentro de las habitaciones. Cada puerta, como un fotograma. La imagen es casi la misma: los pies de los enfermos asomando en el cuadro, excepto por algún acompañante que mira como un gato al detectar un movimiento en el pasillo, donde solo las cepas bailan a esa hora, entre la quietud del aire y las partículas.

Julia ya había notado esa mirada alerta en su compañera de habitación, que parecía recobrar la lozanía cuando veía aparecer a alguna enfermera. Era el momento en el que alguien se acordaba de ella. Julia entendió que en los hospitales públicos la internación no suele ser un oasis de carencias para el enfermo. Es un lugar en el que le aseguran las cuatro comidas y cada tanto alguien pasa por la puerta y pregunta en un plural almibarado: «¿Cómo estamos?» o «¿Cómo nos sentimos?».

En la última habitación ve a una niña parada a los pies de la cama. Por un instante se detiene para observar mejor. La niña, de unos once o doce años, masajea los pies de alguien. Julia piensa en si ella misma lo haría con su padre o su madre. La niña levanta la cabeza y mira hacia la puerta. Se interceptan los ojos sin que la niña abandone su empresa. Julia es la primera en bajar la mirada. Sigue algunos pasos hasta la escalera y, antes de abrir la puerta, se deshace del papel con el número de Fátima en el tacho de residuos del corredor.

11

Julia se despierta acalambrada en medio de la noche. El músculo de la pantorrilla es una anguila que oscila debajo de la piel. Puede sentirla, se mueve contra los poros del lado de adentro. Entredormida, patalea como una niña y dice «No». Repite «No». Caen todas las cosas del estante sobre su cabeza: se le llena el pelo de Odex y maldice, aunque se le ocurre una idea en ese mismo instante.

Aun en el encierro del placar, persiste la gracia de un sentimiento grato y vital: estar sola. Tener tiempo para ponerse a prueba de ella misma, otorgarle grafías al sonido o soportarse en silencio. Conocer algo nuevo: la excitación desmesurada, la duda, el miedo, un vasto espacio en el que volver sobre sus propios pasos, pensarse, tener tiempo para hacerlo, en lugar de preocuparse por vivir. Interceptar ruidos nuevos y encontrarles sentido. Escuchar el aullido de las hormigas. Hacer que lo arbitrario tenga lógica. Que el sonido metálico de las bandejas del carro de comida genere melodías involuntarias y reproducibles.

No suenan igual todas las bandejas del hospital cuando las apilan. Si hay restos de compota en la cavidad prevista para el postre, el sonido es más lento, pesado, aritmético. Si solo queda el pan envuelto en la bolsita, el sonido es de patio de escuela y de fila para tomar la leche subsidiada cuando no había meriendas en la mochila de algunos compañeros, como en los primeros tiempos en Jacinto Vera.

La noche anterior, Andrés le había contado de *La intrusa*. Le gustaría saber el cuento para poder decirlo, para recitarlo, porque Andrés se queja de que la tele no prende, ya que nadie puede pagar la suscripción al cable de la pieza. Si tuviera internet, se robaría todas las palabras del espacio.

Piensa en dos novios que tuvo ella. Piensa si ha conocido el amor, ahora que se está escapando y todas las paredes tienen la textura del aire. Piensa que en inglés es *I love* de entrada. ¿Cómo miden el amor quienes lo hablan? Evalúa que en español sentimos con más cautela porque atravesamos los estadios de las palabras como si fueran dimensiones. Las palabras se adaptan como velcros a los ritmos humanos y *apreciar* no es lo mismo que *querer* ni, por supuesto, que *amar*. Eso viene después. Siempre después. Piensa en la seducción. ¿Estaba ella queriendo seducir a Andrés Lavriaga? ¿Cuánto tardaría en sentir algo por aquel hombre sin pierna? ¿Por qué abominaba la idea de que llegara el día fatal en el que uno de los dos enunciara el amor o el cariño y suprimiera la posibilidad de todos los actos? Tiene miedo. Miedo de que se acaben las palabras. Miedo de no poder esconderse nunca más.

12

Luis había pilotado un *Hércules*. Si bien era piloto comercial, tuvo que volar de apuro una noche que lo llamaron para preguntarle si podía. «El *Hércules* no es un *Boeing 737*», había dicho, es un avión que puede comerse cosas gigantes como otro avión y llevarlas en su estómago hasta el destino.

Andrés estaba maravillado y, dentro de su desgracia, se sentía con suerte. Su hermano había muerto, a él le habían amputado una pierna e iría preso, el auto en el que venían había chocado con otro y había asesinado a una familia entera; pero ahí, en sus últimos días en la vida, compartía el cuarto de un hospital con un tipo que volaba.

El hombre había tenido que recalar en este hospital de San José de Mayo dos días antes de que llegara Andrés, cuando hubo que parar el ómnibus de Buquebus a la altura de Rafael Perazza para trasladarlo con fuertes dolores abdominales. Al bajar, lo esperaban un médico y un enfermero, que lo ayudaron a sentarse en una silla de ruedas. Lo arrimaron a la ambulancia por la banquina. Pidió un Movicom. El enfermero y el médico se miraron.

—Ahora, cuando lleguemos al hospital, nos dice bien los datos y nos comunicamos con su familia.

Luis se había enterado del choque de la Ruta 1 por la radio un rato antes de que llegara Andrés a la habitación, pero jamás le mencionó una palabra sobre el accidente.

—Es tan lindo ver las trayectorias. Es como un juego. A veces, cuando no quiero pensar en nada, me pongo a ver el panel. Puedo estar horas, ¿eh? Una noche casi me hago enteras las casi diez horas desde el Kennedy a Guarulhos. Me relaja. No sé, debo ser raro.

Para Andrés no era raro que un tipo que había decidido ser piloto encontrara un momento de remanso siguiendo la trayectoria de los aviones. Pensó en él mismo. Se visualizó aquel día con su remera a rayas, arrodillado contra el alambrado del aeródromo, viendo al piloto correr prendido fuego y la avioneta pulverizarse sobre la pista. Las caras de todos los bomberos, los ojos vidriosos tras el pasamontañas incombustible. El olor.

—Don Luis, ¿qué fue lo más extraño que le pasó volando?

—Y..., mirá, hasta cierto momento de la vida pensé que habían sido las tormentas. Una vez me dio un rayo en el ala. Era un vuelo comercial. Y vos estás ahí, a la buena de Dios y del sistema eléctrico, y rezás para que no te abandone la suerte. Decí que ya estábamos cerca del aeropuerto. Fue de San Pablo a Carrasco. Acá tenemos unas tormentas de las más terribles. Toda la zona del Río de la Plata es el triángulo de las bermudas para cualquier piloto.

—¿¡Por!? —interrumpió Andrés, con intriga.

—Porque acá las presiones de aire no se entienden entre ellas. El pampero es traicionero como él solo. Se forman muchas corrientes y es complicadísimo controlar el avión. Sentís que la boca de la tierra te chupa como por una pajita. Siempre se activan las alertas de presurización, y eso quiere decir que vos venís en una trayectoria a tal altitud y el avión se te va solo para abajo. Pero si conocés el paño, ya sabés que pasa eso llegando a Uruguay.

—Así que lo más extraño son las tormentas y el rayo ese.

—Bueno, después tengo anécdotas maravillosas. Vos no sabés lo que es sobrevolar el Amazonas. Ahí apago todas las luces de la cabina. Si mirás para abajo te juro que conocés el color negro. Es de una hermosura aquello. Te sentís en paz, como si el mundo tuviese todavía un rinconcito sin ruidos, sin ecos, sin lío. Cada vez que pude, apagué todo para disfrutar de aquello. Es como el abismo, hermano, pero no da miedo.

Andrés había cerrado los ojos y escuchaba las palabras de Luis, que tenía el don de saber relatar. Mientras el piloto hablaba, Andrés sobrevolaba con él. Vio también el color que no había conocido, se dejó llevar por los ruidos de las turbinas, que, cuando no hay tormentas ni vientos, son ronroneos metálicos e ígneos.

—Pero, pibe, cuchame. Eso no es todo. La mejor es cuando me llamaron un 31 para viajar con el *Hércules* al Congo. El piloto se había sentido mal y no somos muchos los que tenemos permiso para manejarlo. Yo ya daba clases en Melilla. Esa noche estaba con mi familia sirviendo los Polakitos, ¿viste? Y resulta que suena el teléfono en casa. Me pedían por favor que me apersonara, que había que llevar cargamento para los Cascos Azules, que habían sido asaltados, y había gente enferma sin medicinas.

—No le puedo creer.

—Sí, sí, pero eso no es nada. Cuchá esta. Resulta que me despido de mi familia y, cuando quiero acordar, me estaba tomando las de Villadiego para África. Diecinueve horas, más o menos. No me acuerdo ya. Ya no estoy pa estos trotes. Cuando los aviones comerciales o de los milicos atraviesan distintos países en sus rutas, todas las torres de control de los aeropuertos de esos países tienen un manifiesto que los anuncia. Pero qué te cuento que para llegar al Congo teníamos que sobrevolar Libia, que era un polvorín de aquellos. Y a los de acá se les había pasado mandar el aviso de que un avión uruguayo sobrevolaría el territorio o los de allá no lo habían registrado. Así que voy volando aquella mole y, de pronto, por radio me llega un anuncio, primero en árabe y luego en inglés, de que si no me corría de ese espacio aéreo me bajaban. ¡No sabés lo que fue!

—¿¡Y!?

—Ahí me comuniqué con Uruguay, reporté la situación y me tuve que ir dos horas a sobrevolar el borde del continente por el lado del Mediterráneo, como quien hace tiempo en la sala de espera. De un lado a otro: desde Gibraltar hasta Egipto.

—No le puedo creer. ¿Y lo habilitaron?

—Sí, dos horas más tarde, yo ya casi no tenía combustible. Era poder seguir o que me bajaran. Porque más allá del quilombo que era Libia en ese momento, con cualquier país podía pasar lo mismo. Y Libia estaba en la ruta del manifiesto. Por eso la seguí. El problema con ellos fue que no les llegó o andá a saber… Bueno, mi viejo, voy a ver si descanso un poco, porque soy una radio prendida y vos también tenés que descansar.

—Gracias por contarme, don Luis.

Cuando el piloto apagó la luz de su mesa, Andrés se quedó a oscuras, mirando por la ventana las estrellas, que esa noche eran como plomadas sumergidas. Con su pierna amputada, que latía recién operada, volvió a sentirse afortunado, aunque fuera una paradoja. Había podido escuchar historias extraordinarias del mundo que más le gustaba, además del de los libros.

Intuía que don Luis conocía los detalles del accidente y, sin embargo, no le había preguntado nada al respecto. Le habló como a uno más o quizás con la impronta de quien se sabe entendido. Excepto por Isidro y luego por la doctora, el resto de la gente solía mirarlo con desprecio o con el pavor de las malformaciones. Cómo sería volar un avión. Si no fuera a la cárcel iría al aeródromo a aprender con don Luis. Tal vez hasta podía ser su amigo. Quizás quedara en contacto para poder escribirle desde el penal.

De repente su mundo se había desconfigurado, como los controles de un avión cuando se empiezan a encender y a apagar todos juntos y las lucecitas anuncian el caos, la desesperación, la duda.

Ahora el dolor punzaba desde el codo de su pierna y el albedrío pasaba a ser una palabra de papel *scritta.* A partir de ese instante y en el futuro de una celda y un patio, serían otras las vidas que lo harían aparecer en el mapa, como un accesorio o una señal incidental. Aún así, no le importaba y no entendía por qué. Pero cuando pensaba en esto, las tomografías que se hacía a sí mismo revelaban todas las historias que tenía adentro, moleculares, sanguíneas, ocupando los huecos.

Andrés miró por la ventana y escuchó los ronquidos de Luis, mientras todo el cielo se comía a sí mismo afuera del hospital, ahora que las estrellas terminaban de hundirse. Después cerró los ojos y deambuló con un rifle, bajo el sol del mediodía, entre el follaje de la selva y los alambres de púa.

13

Ya hace una semana. En siete días Julia ha domesticado el armario: tiene su olor, sus formas, sus huellas. El espacio previsto para dormir y para comer. Hay objetos robados que ahora son suyos. En cada expedición ha sido ágil. Un día robó una almohada de una habitación vacía, recién lavada o higienizada con un trapo con hipoclorito. Para dormir adentro del armario, la cubre con el buzo por arriba; aunque la lana le provoque urticaria en la cara, lo prefiere antes que apoyar la piel contra esa cuerina colectiva y enferma.

Ha empezado a leer el libro que estaba en la mochila de Mónica Elzester. El techo del placar tiene una bombita como los roperos de la gente rica. Ni bien se mudaron, su madre se mandó a hacer uno, como si quisiera meterse dentro de las cosas en vez de tenerlas.

Julia duerme sin bombacha porque durante las horas de la noche aprovecha para que se seque. Si bien alcanzó a robar una bolsa de Stadium, que adivinó con ropa, y encontró por fin una calza y dos remeras, incluso un desodorante en barra y una pasta de dientes —con la que se lava utilizando el índice como cepillo—, no encontró ropa interior. Así que, día a día, llega hasta el baño público del pasillo y convierte en un ritual el lavado de la bombacha, que alterna con una casera confeccionada con la tela de una Hering, y la observación del patio desde el tragaluz en el último gabinete.

Al sexto día, decide despedirse del aspecto más recordable de Julia Bazin. Su pelo lacio y cobrizo, que las instrucciones de las tinturas solían colocar en la gama de las pelirrojas, debía desaparecer de un momento a otro.

Como ya era habitual, espera que terminen los horarios de visita para aventurarse al pasillo y, de ahí, a su siguiente empresa. Pero, primero, también espera que pase el carrito de la comida; Julia podía escucharlo claramente desde su guarida y adivinar el momento exacto en el que estacionaba en la habitación contigua. Cuando eso pasaba, abría la puerta del armario y, si tenía suerte, solo era necesario estirar un brazo para hacerse de la cena: una cajita de espuma plast que generalmente contenía comida hiposódica. Excepto una vez, que encontró un churrasco con puré con cierto condimento y fue una cápsula de dicha, aunque haya tenido que desgarrar la carne cinchando con las manos, igual que una muerta de hambre o un simio.

Esta noche Julia come un suflé de alguna verdura que no logra identificar. La textura se empasta en la boca como el asco en la infancia; el gusto es lento, similar a la baba de un aloe, y el olor no coincide con el deseo, ni aun con los ojos cerrados. Sabe que tiene que comer. Se ayuda con el pan que viene anexo en la bandeja, envuelto en una bolsita cerrada. Un poco de pan para distraer, del mismo modo en que lo hacía cuando era chica y se tragaba enteros los ravioles de acelga con un buche de Coca Cola, si es que había, los domingos.

Con cada bocado comienza a trazar en su mente la siguiente expedición. Después de comer, aparta la bandeja de espuma plast y hurga en la mochila hasta encontrar el espejo con el motivo chino. Lo abre, lo acerca y lo aleja. Está demacrada, aunque el rubor natural en sus mejillas no se fue del todo. Sabe que es parte de un proceso. Que no tiene fiebre y que se está recuperando de un accidente durmiendo en el suelo de un placar de limpieza de un hospital público.

Se toca el pelo. Se estira los mechones delante del pequeño espejo. Se despide de esa Julia que arremete en la imagen, simbólica y herida. Al escuchar el desvanecimiento de los sonidos exteriores —el de un zoológico cuando se cierra y las fieras se repliegan, lentas, en los cobertizos de las jaulas—, comienza a prepararse para la expedición.

Hurga en la bolsa y extrae la calza, amable al cuerpo porque tiene tela polar del lado de adentro; luego se prende la túnica blanca y arriba se coloca un nuevo buzo de abrigo. Esta vez verde inglés, poco llamativo, en escote en V, igual a los que usan los oficinistas o los estudiantes de los liceos privados. Por último, las botas, cuya colocación había dejado de ser un desafío para la destreza y el equilibrio el día que descubrió el doble fondo del armario, detrás de los estantes con los bidones de hipoclorito y Fabuloso.

Al cerrar la puerta del placar, lo siente tan propio que le gustaría tener una llave. De todos modos, antes de salir junta cada uno de sus enseres y los esconde: algunos detrás de los bidones en la repisa y otros detrás de la pared del escondite.

Se siente guarecida con su nuevo atuendo. Haber podido taparse las piernas no solo la hace sentir más segura en cada travesía, sino que protege los puntos de la herida. En la primera visita a Andrés se le había roto uno, que remachó con una curita. Pero no podía permitirse que se zafara otro. Era imperioso conseguir agua oxigenada y alcohol. Quizás algunas gasas y una tijera para sacarlos cuando cicatrizara.

Llegar a la enfermería del piso no le cuesta mucho. Apenas se ha cruzado con dos personas, que no repararon en su presencia ni en su andar dolorido, que intenta disimular paso tras paso, aunque los hematomas del estómago y la laceración provocada por el cinturón de seguridad ardan y puncen.

Una vez en la puerta, se apoya contra la pared con el ademán de los policías en las series de televisión y escudriña de costado la presencia de alguien adentro. A su favor, el dato de que la enfermería suele ser un recinto en el que se está de paso, excepto cuando el o la nurse completa las planillas con las rutinas aplicadas a cada paciente. Pero ese momento ya había pasado, por lo general ocurre mientras están cenando los enfermos del piso.

Una vez que comprueba que no hay nadie y la adrenalina se le dispara en el pulso, entra. Escanea con la vista los objetos sobre los mostradores. Agarra una tijera de oficina y la guarda dentro de la mochila abierta que cuelga de su antebrazo. Abre un primer aparador. Se obnubila ante la abundancia y ve sin ver, como cuando entraba a las librerías y no podía prestar atención a ningún título en particular. Encuentra un paquete de gasas y por fin da con los frascos de alcohol. Hay chicos y grandes. Elige uno de un litro. Ante cada sustracción mira hacia la puerta. De pronto escucha voces que se acercan. Siente los latidos del corazón espeluznantes debajo del cráneo.

—Me da una pena el hombre de la catorce. Para mí no sale de esta. Viste cómo es el páncreas, además está veterano ya.

—¿Pancreatitis tuvo?

—Sí, lo salvaron en el anca de un piojo, casi se pela. Acaba de volver de cuidados intensivos y ahora se complicó porque se agarró una intra. ¡Me da una cosa!

—Ya te vas a acostumbrar. Es algo de este trabajo. No te encariñes con los pacientes, vos, eh. Ay, mirá, nos llaman de la once. ¿No vas a darle el Primperán?, me lo pidió hace un rato porque anda con náuseas.

Julia no ve, pero escucha, agazapada detrás de una mesita de instrumental entre un aparador y el casillero, donde probablemente guardan sus cosas quienes trabajan en esa sección. Está agachada y se cubre la cabeza al igual que un soldado de la historia o el cine, que se protege de las bombas y de los estruendos. Como si los brazos la volvieran invisible. Controla la respiración hasta que las dos chicas siguen su ronda y las voces se ahuecan en el pasillo de las salas.

Se desdobla y, al pararse, puede sentir cada vértebra moverse y tomar su lugar, hasta las escucha. Es un crujir mucho más pesado que el de los dedos cuando se desperezan. Como si fuera solo esqueleto, cada hueso es una ficha encastrada en cartílagos, que adivina movidos de lugar.

Abre el tercer mueble. Agua oxigenada de varios volúmenes. Se agolpan en la nuca las conversaciones en el living de su casa nueva, mientras ella deambulaba a la vista de todos. Para decolorar el pelo es el volumen 3, según lo había comentado una buena señora entre las amigas nuevas de su madre, en medio de aquellas charlas primordiales sobre la mermelada de frutos rojos de una tal Lilián. Así que abre la mochila y deposita un frasco de agua oxigenada volumen 3 y otro volumen 10, el que cura las heridas y genera efervescencia como la sal de frutas. Tiene el alcohol, tiene gasas, tiene las tijeras y ahora también tiene las aguas. Cierra la mochila y mira para los costados con la misma actitud de delincuente avezada con la que llegó a la enfermería.

Regresa por el pasillo de las salas hasta el hall del baño público. Abre apenas la puerta. Solo ve dos pies en un gabinete. Se mete rápido al último, el suyo. Ahora no se ve nada desde ahí porque es de noche. Apenas una luz como de alumbrado público tintinea, terrorífica, sobre el patio y sobre el árbol que parece un bonsái, pero gigante. En el murito que lo circunda a modo de cantero se sientan a fumar los médicos y quienes trabajan en la enfermería. El médico que usa zuecos también. Piensa un segundo en él: en los tobillos y en sus piernas cruzadas, en la forma de agarrar el cigarro cuando hace tijeras con los dedos.

Al regresar de ese pensamiento por la interrupción de la cisterna contigua, baja la tapa del inodoro y se sienta sobre ella. A continuación, dispone la tijera y el agua oxigenada en el alféizar, hurga entre el resto de las cosas hasta encontrar nuevamente el espejo de la china. Redondo, se abre al medio. Dos círculos unidos por una bisagra diminuta. También lo acomoda, abierto en ángulo recto, junto al resto de las cosas.

Se suelta el pelo atado en lo alto por un rodete. Lo tiene tan largo para entonces, que puede prescindir de broches y gomitas para recogerlo. Toda la vida lo había llevado largo, por lo menos por debajo de los hombros. No había quién no le elogiara aquella cabellera anaranjada y abundante, que caía sobre el cuerpo con la llanura de las promesas en los anuncios de la televisión. Pero el suyo era así de verdad. Cuando había viento, podía escuchar incluso un sonido similar al que hacen las espigas cuando se entreveran con las brisas de las carreteras.

Ahora, ahí, delante del espejo minúsculo en donde de cerca solo encuadra un ojo y un poco de pómulo, se lo agarra con una mano, le toma el peso, lo mira, y de alguna manera se despide de esa Julia. A continuación lo divide en dos ramos, que caen a los costados por delante de cada hombro y llegan a la mitad del estómago. Toma la tijera y comienza a cortar primero el lado izquierdo. La tijera se resiste al corte en seco y Julia comienza a abrirla y cerrarla con firmeza, tanta, que puede sentir cómo el metal le marca los dedos hasta hundirse en las falanges.

La mata cae al piso como la piel de un animal sin cuerpo. Ahora el lado derecho. Julia se mira. Parece otra persona. Una melena salvaje y ágil toma forma por la nueva liviandad. La cabeza pesa menos, el cuerpo también. Ya se sentía otra, pero podría lograrlo por completo. Destapa el agua oxigenada y embebe una gasa a modo de algodón. Tiene otro olor esta solución. Fuerte, químico. Toma un mechón y lo eleva hacia el costado. Julia desliza la gasa empapada de la punta a la raíz y de la raíz a la punta. Luego suelta el mechón pesado y mojado sobre la melena. Arrima las piernas arriba del inodoro y se abraza a ellas a esperar, como las mujeres que pispean con horror el resultado de un test de embarazo en el baño del trabajo.

Vuelve a pensar en el médico de los zuecos. Imagina que es cardiólogo, o no, mejor es neurocirujano o infectólogo. Aunque no debe haber infectólogos en el hospital de San José de Mayo. Las pestes comienzan en las grandes ciudades y son los pueblos o las poblaciones menores a donde hay que huir con el resto de los zombis. Hace algunos años vio la película *Epidemia*. Rene Russo había tenido que filmar casi todas las secuencias con la cabeza adentro de una escafandra de plástico de utilería. Desde entonces, Julia recordaba aquel estornudo fatídico de la primera escena. Y cada tanto se le daba por pensar que el miedo a las enfermedades que había comenzado a tener era culpa de Rene, y no de su madre, que le había contagiado su propio miedo, gestado vaya a saber en qué molécula de aquel árbol genealógico retorcido.

Al volver, abre los ojos. Casi se había quedado dormida con la cabeza entre las rodillas. Está débil. De pronto, el piso del armario con los buzos de lana que ofician de colchón y su almohada robada se le figuran un lecho mullido y cálido, como lo que se pierde y se valora luego, en otra vida: un asiento, un casete, un tacto.

Al levantar la cabeza con somnolencia, encuadra su ojo en el espejo y luego focaliza el mechón. Ahí está, amarillo, casi blanco ya. Vuelve a embeber la gasa y la desliza, una y otra vez, mechón por mechón. Incluso amaga con las cejas, pero rápidamente algo le dice que no. Que unas cejas albinas llamarían más la atención de su camuflaje y terminarían por generar el efecto contrario al esperado. El rubio debe ser más tenue que el del primer intento. Solo es cuestión de dejar actuar el agua oxigenada menos tiempo y lavarlo. Trata de ser ágil con la aplicación para que la diferencia de minutos entre mechón y mechón no sea espaciada.

Una vez completado el proceso, cuenta hasta noventa y abre la puerta del gabinete. Corrobora que no haya nadie. A esa hora, probablemente la medianoche ya, ninguna persona usa el baño público. Los acompañantes nocturnos acuden a los baños de las salas y las enfermeras y enfermeros, a uno contiguo a la tisanería, habilitado únicamente para el personal.

Así que echa el cuerpo hacia adelante, abre la canilla y deja caer el agua helada sobre su nuca y la cabeza, con la precaución de dejar la cara a resguardo del pelo embebido. Es sabido que el agua oxigenada también decolora y mancha la piel; así lo anunciaban sus manos, que parecían tener vitiligo.

Luego escurre y se desliza por la mesada a tientas, hasta alcanzar el dispensador de jabón líquido en el extremo de la pared. Presiona varias veces para llenar el cuenco y vuelve a la pileta. El pelo está duro. Se peina con los dedos, con las uñas. Sus ojos color caramelo se oscurecen ante el contraste de la reacción química.

La piel, pálida, hasta parece recobrar su antiguo vigor, producto de la sangre que irrigó hacia la cabeza durante el proceso de lavado y enjuague. Se despide de Julia. Al día siguiente, regresaría al cuarto de Andrés Lavriaga.

14

—Uy, doctora, qué distinta que está.

Julia se toca pelo, con el ademán altivo e inseguro de una diva.

—¿Me quedó muy mal? —pregunta, inquisitiva.

—No, qué le va a quedar mal, doctora. Está distinta nomás. Parece otra.

—Puede ser, sí. Como en *Doce monos*, ¿la viste?

No sabe por qué, pero Julia vuelve a hablar de películas, acaso como si supiera mucho de cine o como si el comentario sobre Almodóvar y los Óscar le hubiese permitido establecer un puente de entendimiento. Mientras se teñía el pelo, había pensado en aquella película abismal, donde los personajes no pertenecían a ningún tiempo y espacio. Ahora decide hablar de esto con Andrés, un paso más allá del mundo referencial, de la luz de la portátil o del dolor.

—Sí, pero lo de ella era una peluca, ¿no? Lo suyo es más natural —dice, y ambos se ríen, con una risa sincera, que acuchilla los órganos en recuperación.

Julia le pregunta a Andrés cómo ha pasado el día, si recibió la medicación e incluso le revisa la vía debajo de la gasa. También le revisa el otro brazo, el que se había infectado. Para esto, se estira un poco sobre la cama hasta dar con la piel herida.

—¿Te duele? —le pregunta, mientras apoya sobre la hinchazón las yemas del índice y el anular—. Está como caliente la zona, ¿viste? Si mañana ves que sigue así, decile a la enfermera o a la nurse.

—Es *un* nurse. Isidro se llama.

—Mirá vos qué nombre raro. Acá no hay muchos Isidros. Se ve que está en otro turno porque no lo conozco.

—¿Y dónde hay Isidros?

—Creo que es un nombre griego, pero no sé, capaz que estoy diciendo cualquier cosa. Después está San Isidro en Argentina, que no tengo idea por qué se llama así.

—Doctora, ¿usted lee?

—¿Libros, decís?

—Sí.

—Leo algo, sí. Ahora estoy leyendo uno que se llama *Del caminar sobre hielo.* Me lo encontré acá en el hospital.

—¿Y de qué se trata?

—De un hombre que decide ir caminando desde Alemania a Francia porque se entera de que alguien muy querido para él se está por morir. No es cualquier hombre él. Es un director de cine. Aunque yo no vi ninguna suya. La historia es como su diario de viaje.

—¿Atrapa?

—Mucho. Los libros nos dan un lugar.

—Qué lindo eso, doctora. Usted habla de una forma distinta. Nadie habla así acá.

Al salir, el policía no estaba en su silla. Mientras Julia avanza por el corredor hacia las escaleras, piensa que cada tanto es necesario saberse parte de algo que es verdad. Como si el holograma defectuoso fuera el resto del mundo, y no ella misma.

15

—Doctora, menos mal que volvió, pensé que no venía más.

Pensaba todo mal Andrés, porque Julia no era doctora, aunque alguna noción tenía del curso de enfermería que había hecho cuando terminó el liceo. Por esa época estaba encaprichada con no hacer la facultad, para llevarle la contra a sus padres al optar por un oficio terrestre. Después se dio cuenta de que quería y se anotó en Ciencias Biológicas para estudiar las células y sus comportamientos. Eran varios en el grupo de estudio y todos tenían algo en común: estaban convencidos de que en los hongos, en las bacterias, en los virus y en las levaduras estaba el secreto de la vida y la muerte. La filosofía unicelular.

—¿Cómo te sentís, Andrés?

Es la cuarta vez que lo visita, y la toma un sentimiento nuevo, indefinido. Hay cierto regocijo en el dolor del otro, como cuando se insiste con escarbar los pliegues acérrimos de una cascarita que no está dispuesta a ceder por trayectoria epitelial. Julia no sabe bien si disfruta con el dolor de Andrés, lento, acuciante e inmediato. Frecuenta la habitación para ser testigo, como la chusma en torno a un accidente. Tampoco reconoce en sus acciones la posibilidad de una atracción, de un llamado primordial del instinto. ¿Le importaba lo que Andrés tenía para decir? Su vida de mierda en Melilla, su madre religiosa, su hermano el muerto y Fátima, esa guachita joven, el amor. Andrés decía sentir amor. ¿Lo había sentido ella alguna vez? La pregunta en su mente es un fósil quebrado, repartido en la tierra en mínimas expresiones que no tienen forma de indicio ni de prehistoria.

—Bastante mejor, aunque la pierna me pica horrible y estoy muy aburrido. ¿Sabía, doctora, que el que estaba acá era piloto?

—¿Quién? —pregunta, intrigada. Desde que empezó a visitarlo, Andrés había estado solo.

—Don Luis. Un crack. No lo llegó a ver usted, ahora que lo pienso.

Julia enseguida imagina un viejo. La decrepitud exhalada por cada ronquido, con la saliva rancia a los costados de una boca semiabierta, cadavérica, viva.

—Sí, un veterano. Le dieron el alta, él tuvo más suerte. Bueno, no se la había ligado como yo, era la vesícula nomás. No sabe cómo hablaba. Me la hacía más llevadera. Me contó de todo. Que era instructor de vuelo allá, de donde soy yo, justo. Me dijo que cuando me recupere pase nomás, que me hace subir a algún avión con la clase de él. Me contó de los permisos que tienen para viajar entre los países, de cómo hacen para que los miles y miles de aviones no se choquen, de las rutas... De una vez sobrevolando Libia, que casi lo bajan.

—¿Y cómo hacen? Digo..., para que no se choquen. Los controladores, me imagino...

—Sí, claro. Están ellos en las torres de control de todo el mundo y después están las rutas. No sé por qué cuando pienso en el cielo solo imagino un plano. Que todos los aviones vuelan como arriba de un mismo papel. ¿Me entiende? Pero don Luis me contó algo obvio que me sorprendió. Resulta que los aviones no chocan porque vuelan a distintas alturas.

—Y sí…

—Ah, doctora, no me diga que ya lo tenía claro eso.

—No sé, pero si son miles como vos decís, no hay otra forma de que no se hagan trizas en el cielo unos con otros.

—Como nosotros, que nos hicimos trizas en la ruta.

El plural la invoca, confinándola como un mamut a las cavernas de una era bestial que apenas sospechamos.

Pero ese *nosotros* se refería a su hermano. Esa otra mitad que también era él mismo. Un espejo animado, una huella involuntaria de él en el mundo. Uno igual a otro. El espanto de no poder dejar de ser, o de morir, como una réplica.

Julia ya se acercó la silla, dispuesta para la segunda visita; la tercera, por lo general, se queda parada a los pies de la cama y está siempre de paso. Escucha a Andrés Lavriaga contarle de Luis, el piloto, y ya se adivina a sí misma: no tiene ganas de volver al placar. Quiere quedarse ahí.

Otra vez ese sentimiento contradictorio y dañino. Mientras Andrés habla, se siente entretenida y a salvo; se siente buena porque su compañía le hace bien al enfermo, y se siente mala porque disfruta con su dolor. Le da asco saberse histórica, tomada por aquel sentimiento humano y huesudo que es el alivio ante la desgracia del otro.

Ella no está bien en la vida, pero este está peor. Siempre ha sido así Julia. Se arremolinan los recuerdos en la voz del narrador, no en la de ella, porque ella no es capaz de verse a sí misma, no todavía.

En uno de esos recuerdos, Julia jugaba con su mejor amiga. Tenían ocho y nueve años. Ese día, la madre le había regalado a Julia una cartera suya para jugar. El objeto se introducía en el mundo infantil como una víbora. El cuero y los cierres de metal depredaban el valle de plásticos y brillantina. Su mejor amiga también quiso la cartera de cuero apenas la vio.

Empezaron a tironear. Julia se sentía amparada en un derecho: era de ella la cartera. Su madre se la había dado. Como la mejor amiga vino a quitársela, no campeó la posibilidad de compartir. Siguieron tironeando. «¡La vas a romper!», gritaba Julia, con la ira apelotonada en la garganta. Su mejor amiga era más grande, más corpulenta. Se la iba a sacar, cosa que sucedió en el siguiente minuto. Su mejor amiga también solía extorsionarla con el reparto inicial de roles. Ese momento inaugural, a veces más importante que el transcurso del juego, donde se toma posición ante los lados del mundo, donde todavía estamos habilitados a elegir: fichas, lugares, muñecas.

La amiga se agenciaba los juguetes más dignos. Incluso los que en principio son trastos, pero que se convierten en anhelos cáusticos cuando es otro quien les da valor.

Esa tarde, cartera en mano, la mejor amiga apeló nuevamente a su recalcitrante retórica: «Si no me la das, me voy». El peligro que acechaba siempre era el fin del juego. Julia se debatió. «Es mía», retrucó. Entonces la amiga espetó un «Muy bien», la dejó sobre la cama y comenzó a irse.

En el rellano de la vieja escalera de mármol, entre la puerta cancel y la de la calle, Julia apareció por detrás, sigilosa, y empujó a su amiga, que cayó de frente contra los escalones blancos e imponentes y rodó amorfa hasta el final. Julia se quedó arriba, mirando. Llena de ira y quizás de miedo. La amiga logró incorporarse agarrándose del pestillo de la puerta, que se abrió al tironear. Salió corriendo, asustada, dolorida, cojeando. Julia volvió al cuarto, se colgó la cartera del hombro y jugó con ella toda la tarde.

16

Cada tanto mira la puerta de la habitación, que está entornada. No puede permitir que ningún funcionario de turno la vea. Por ahora, solo el policía sabe de su existencia y Julia no identifica ningún cabo suelto. Si al tipo se le ocurriera interactuar, sería para decir que estuvo la doctora. La túnica de Mónica Elzester le servía para deambular por los pasillos, pero no para quedarse al lado de Andrés. Por eso, cuando lo iba a visitar, siempre llevaba en la mano el buzo de lana. También tenía la precaución de tapar el nombre de Mónica Elzester con la tapita de la libreta de prescripción que llevaba en el bolsillo. Muchas veces había especulado con que se cruzaba con la dueña de la túnica y del buzo. Esa imaginación la obligaba a ser cauta.

Cuando iba a visitar a Andrés, llevaba el buzo hecho un bollo bajo el brazo y del lado del revés. Como era una costura sintética, del lado de adentro tenía diferentes colores que formaban otros motivos. Más allá de estos cuidados, mientras permanecía junto a Andrés, relojeaba cada sombra que se proyectaba en el piso gris y reluciente de desinfectante cuando alguien pasaba por el pasillo.

Andrés ya tenía claros los horarios de todos. Y Julia afinaba la memoria con gesto de atención, simulando interés por las anécdotas menores. A las seis de la mañana aparecía el primer enfermero, que se llamaba Isidro y era fanático del Real Madrid, según lo indicaba una pulsera tejida que tenía atada en la muñeca. El año anterior habían salido campeones de la Champions. Andrés se acordaba patente porque le había pedido a Cristina si no les dejaba ver la final en la tele con cable de la biblioteca. Y se habían sumado todos los viejos del ajedrez y Cristina terminó llevando pasteles de membrillo, porque la cosecha de ese año en Melilla había sido exagerada y había dulce de membrillo hasta en la cena. Zidane, Roberto Carlos, Figo, Ronaldo. Era ver jugar al espacio entero.

Isidro lo despertaba a Andrés para sacarle sangre. A veces el enfermo se espabilaba y una vez hablaron de la comida, otra vez de mujeres y otra vez del clásico, que en la ciudad se disputaba esa noche. Andrés le preguntó a Isidro si había chances de que le prendieran la tele, pero el nurse fue respetuoso de la norma y le dijo que había que pagar. Después le preguntó si no tenía radio. Andrés respondió que no, que no tenía; entonces Isidro le dijo que haría lo que pudiese para traerle una, aunque fuera vieja.

Y así fue: a la media tarde Isidro apareció con una Panasonic portátil con la antena rota, pero que sintonizaba perfecto todas las AM, las que importan para escuchar los partidos. De noche, Andrés se acurrucó mirando la cama vacía y sin sábanas de Luis, el piloto: el colchón era de cuerina blanca y decía el nombre del hospital en el costado. Con la radio y la cabeza arriba de la almohada, esperó el pitido inicial. Pensó de qué cuadro sería la doctora que venía a charlar de noche, porque la otra, la que venía de día, no era tan agradable. Casi no le hablaba.

A las siete y media venía la chica del desayuno. «Permiiiiiso», decía, siempre estirando las íes al abrir la puerta, como si la elongación de las vocales fuera un mimo, una muestra de cariño, lejana ya. Estacionaba el carrito afuera y entraba con la bandeja que dejaba arriba de la mesa con rueditas, lejos de la cama. Entonces tenía la deferencia de acercarla hasta Andrés y Andrés agradecía, porque tenía muy claro que a la chica del carrito no le pagaban por arrimar la mesa a la cama de los pacientes. Eso era cosa de los acompañantes de cada enfermo: de los servicios que se pagan y, por lo general, aguantan la vela de noche; o de los familiares, que ponen a prueba la columna y la compasión en el sillón raquítico previsto junto a cada cama.

A las diez pasaba la nurse a suministrar por la vía los remedios prescritos. Andrés tenía buenas venas, pero para el cuarto día de internación hubo que cambiar de brazo porque la aguja empezó a infectar. «A veces pasa», le dijo esta nurse, mientras hacía su trabajo, diligente y mecánica. Después enganchar la bolsita, regular el ritmo del goteo con la perilla y «Si ves que no baja, me apretás el botón, que vengo enseguida». Un antibiótico y el Tramadol para el dolor. Los primeros días le habían dado morfina.

Andrés no estaba seguro de si la ausencia de la pierna había llegado a doler tanto como para que le suministrasen este derivado de la amapola, por el que su hermano hubiera dejado la vida en tiempos adolescentes, cuando se le había dado por respirar con método el cemento del taller. En el fondo pensaba que la morfina se la dan a los pacientes amputados para apaciguar la desesperación de despertar y constatarse incompletos.

Cuando le suspendieron la morfina, empapaba la cama por la noche. Las sábanas se le pegaban a la transpiración y se arremolinaban. A veces se creía en un sueño, otras pensaba que era él mismo enredado en las sábanas y siempre, despierto o no, las luces del otro auto, de frente, aterradoras, como la boca abierta de una tumba. Llegó a sentir temblores, cada músculo latiendo a un ritmo diferente, pero al mismo tiempo. Un día vomitó; estaba durmiendo de costado, si no, «Es probable que se quedara sin contarla», según le dijo una enfermera, mientras le cambiaba la funda de la almohada.

A las doce menos cinco, menos tres, a más tardar, pasaba el chico del carrito del mediodía. No era tan dado al diálogo como Isidro, pero de vez en cuando sacaba tema, más que nada alguna apreciación sobre el menú a degustar. Como Andrés estaba recuperándose de un accidente, y más que nada era un paciente con traumatismos que no habían comprometido su sistema digestivo, tenía al alcance menús variados que podían salirse de los esquemas hospitalarios de compota y puré de zapallo. Un día le sirvieron carne con papas y el chico del carro, Joselo, le dijo que le entrara con ganas, que era lo más rico que iba a probar en la estadía. Andrés le preguntó si él comía la comida del hospital y Joselo le contó que, cuando le faltaba la vianda que le hacía «la patrona» —así lo dijo, aunque era muy joven para hablar con esos modismos rurales y de antaño—, picaba algo. También le dijo con tono de infidencia que a veces Sandra, la de la cocina, le daba trato especial porque, al parecer, gustaba de él, aunque fuera más grande la señora, él sabía. Entonces, le apartaba unas papitas cada tanto y se las hacía fritas, «Porque en el hospital algún frito que otro se hace, aunque parezca mentira».

Si bien no le hablaba de fútbol, ni le preguntaba nada de su vida, ni era atrapante como la doctora, Joselo parecía buen pibe. Andrés se entusiasmaba cada vez que entraba alguien a la habitación, fuera quien fuera, menos el día que apareció el milico o que lo vio, mejor dicho, porque estar, estuvo desde el principio.

A eso de las tres volvía Isidro, que hacía doble turno tres veces por semana porque, según le contó, había sido padre hacía poco y desde que se habían mudado a la ciudad la cosa no daba como antes. Le contó que él tenía título de nurse, pero, como si fuera cosa de otro siglo, ese cargo estaba previsto solo para mujeres en el hospital inglés en el que trabajaba. Entonces ganaba menos plata, aunque supiera resolver menesteres delicados o complejos. Los médicos con los que trabajaba lo sabían, entonces le confiaban tareas por lo bajo, incluso le consultaban los miligramos de las medicaciones. «No, es hipertenso el señor Padilla», advertía si algún médico prescribía a vuelo de página. Isidro se sentía honrado por tanta confianza, pero cada tanto le daba un poco de rabia que no se le reconociera su labor y tuviera que andar haciendo doce horas para poder parar la olla.

—Rocío se llama la gorda, es divina —dijo Isidro—, tres meses tiene. No sabés lo que es ser padre. Bueno, pará, ¿sos padre vos?, nunca te pregunté.

—No, no. No soy padre, no —dijo Andrés, y pensó en Fátima al responder eso.

—¿Y cómo la llevás? La que se viene, digo, va a estar brava.

Andrés no respondió. Se le entristeció la cara como cuando sellan un tubular en los entierros. Isidro se dio cuenta, juntó las gasas sucias de sangre y se fue diciendo: «Descanse, amigo, descanse».

Al rato venía la otra nurse de vuelta, si es que ya no la había llamado antes, en el correr del día, al comprobar que se atascaba el goteo del antibiótico. Se llamaba Tatiana. Tenía nombre de nurse. Un día le preguntó por Isidro. Y ella se hizo la ocupada, controlando la aguja debajo de la gasa, sin mirarlo. «Sí, sí, sabemos que es nurse como nosotras», dijo a regañadientes, y a Andrés eso no le cayó muy bien, porque había visto en una oportunidad cómo ella le daba las órdenes y eso, en el barrio, era falta de códigos de acá a la China.

Menos mal que después de Tatiana venía el carrito de la merienda. No sabía nombre alguno, porque la vuelta de las cinco y media de la tarde la hacían todos los días personas distintas. No había confianza. «Buenas tardes, aquí le dejo». Ninguna con la deferencia de arrimar la mesa. Andrés tampoco lo pedía. Si algo no quería era la lástima. No era pibe para eso. Entonces, cuando se entornaba la puerta y sin contarle jamás a nadie, se incorporaba en la cama y apoyaba el pie de su única pierna en el banco de metal para bajar. Primero un escalón, luego otro. Las manos y los antebrazos empezaban a importar más que antes. Los sentía aferrarse a las sábanas para tomar impulso, y las venas de las muñecas y el músculo parecían reventar, pero no reventaban.

Se miraba el codo de la pierna que le faltaba. Le daba tanta impresión, que había empezado a creer que no era de él. Lo miraba como si fuera de otro. Incluso con desprecio, pero jamás con lástima. No sabía ni cómo estaba vivo. Saltaba hacia el piso. Un pie. El mismo pie. Saltitos. Torpes, degradantes. La mano aferrada al metal de la cama. Dónde había ido a parar su pierna. Su pie, con sus dedos y sus uñas. Cuál era esa usina que no había leído ni en los libros ni visto en las películas. A dónde van los restos humanos amputados. A dónde van los brazos, los dedos, las vesículas, los apéndices, los tumores.

Residuos hospitalarios. Hay tachos de basura que dicen eso. Hay camiones que dicen eso, que tienen la imagen amarilla que anuncia peligro, y que van pasando entre los autos y los ómnibus, como si nada. Así, de lo más ufanas, las ciudades han encontrado las formas de encastrar sus desechos entre los miedos y los ruidos de las rutinas. Liceos y edificios caros construidos con vista al cementerio, oficinas linderas a las salas velatorias, usinas en las periferias, que desde la ruta se vuelven un paisaje celestial, aunque brutal, con las aves haciendo sus rondas y sus bailes sobre picos nevados de basura.

Así conviven las cosas en las ciudades: mostrándose como parte de un todo, camuflándose entre la paz de los cementerios parque, con sus placas tan sobrias apenas divisables entre el pasto milimétrico que, de tan perfecto, parece artificio. Mientras pensaba en dónde estaría su pantorrilla amputada, con la conciencia de habitar un mismo tiempo y espacio dividido, Andrés se acordaba de las palabras del historiador cuando contaba que, en las épocas bárbaras, los cráneos y los fémures campeaban sin pudor en los cementerios, todo así, a la vista. Pasó mucho tiempo antes de que nuestros países disimularan la muerte bajo las cruces y los ángeles. Los ataúdes eran exhibidos en la puerta de las casas velatorias, recostados contra la pared, verticales y opuestos a lo muerto. En ese mundo dividido de lo que se ve y lo que no, de lo vivo y lo muerto, también suben y bajan los ascensores de los hospitales: suben con un enfermo en la camilla, bajan con un tacho gigante de basura o de sábanas sucias.

Después de los saltitos en un pie, llegaba a la bandeja. A veces, para evitar accidentes ante el nuevo equilibrio, comía ahí mismo, parado y rápido, como un animal callejero que se metió por los fondos de una casa a roer los desperdicios domésticos. Otras veces sentía latir los cuádriceps, entonces arrimaba la mesa con rueditas y después la regresión: recostarse contra la cama, enganchar los escalones del banquito de metal con el pie, acercarlo, apoyar las manos en el colchón y darse impulso para colocar el pie sobre el banquito; sentarse en la cama, acercar la mesa con ruedas. Descubrir que hay gelatina en vez de compota y sentirse feliz. Un día, incluso, vinieron unas galletitas de miel, que fueron un manjar. Y, otro día, unos coquitos como de panadería. Cómo sería la vida después. Sin su hermano, sin la pierna. La cárcel.

A las nueve y media de la noche venía la cena. Todo el día comiendo, pensaba. Nunca había comido antes todas las comidas. Su padre, antes de morir, siempre decía que ellos comían salteado como los caballos de ajedrez. Y eso que el viejo nunca supo jugar, el hermano tampoco. Él sí. Él supo.

Le habían enseñado los veteranos que se sentaban en la puerta de la biblioteca. Como iba todos los días, cuando paraba de leer para salir a fumar, se instalaba contra el muro y los miraba. El reloj, la concentración. A veces la consternación, esa palabra parecida, tenía cara: era la de esos tipos mirando el tablero. El mundo suspendido en esa mesita mínima y plegable, que uno de los jugadores llevaba todos los días, aunque una vez Cristina le dijo que la podía dejar adentro para no tener que acarrearla. Otro día, uno de los jugadores saludó a

Andrés. Y, tiempo después, ya estaba sentado mirando cómo eran las cosas.

Antes de saber las reglas, pudo comprobar que el dicho de su padre era cierto: los caballos comían salteado. Fue la primera regla y más adelante su estrategia de cabecera. Llegó a hacer varias movidas que dejaron perplejos a los jugadores avezados. Estaban sorprendidos con el pibe Lavriaga. Tanto, que los veteranos le dijeron si no quería invitar a su melli también, conocido como la oveja negra en el barrio y más allá de los hangares.

—¿Y vos qué leés tanto acá? —apuró uno.

—Leo libros, don Arrieta.

Don Arrieta estalló en una carcajada sepia y escupió saliva y Cerrito.

—Ya sé, mi viejo, que leés libros. ¿Cuáles te gustan?, te preguntaba.

—Me gustan todos porque nunca sé cuál me va a gustar más.

—¡Como las minas! —dijo Arrieta, arengando a su contrincante, Benítez.

Pero Benítez no se rio de la ocurrencia, porque hacía un par de meses, nada más, que había enterrado a Soña, su esposa y compañera de toda la vida. De eso se percató Arrieta segundos después y se tragó la risa y el tabaco de golpe. Andrés tampoco se rio.

—Me gustan mucho los argentinos. Ahora estoy leyendo uno que se llama *El juguete rabioso*.

—*Juguete rabioso* te vamo a decir a vos si nos seguís dando la biaba. Sos bueno, pibe, sos bueno vos.

Y después de las once de la noche aparecía la doctora. Más adelante, quizás en la celda, entendería que a esa hora ya no pasan los médicos. Pero ahora creía en esto, como cuando se memorizan las instrucciones para escapar descritas en el pegotín de la ventana de emergencia en los ómnibus de larga distancia. Ahí, en la habitación, él ya había encontrado formas en las cascaritas del techo y conocía el trayecto de las líneas que unía, de estrella a estrella, en esa porción de cielo que veía desde su cama cuando le dejaban la cortina un poco corrida. Extrañaba leer. Extrañaba a Cristina, que, cuando no había excursiones de escuelas, le habilitaba la sala de la tele y la videocasetera para ver películas. Él siempre le decía a Cristina que un día iba a conseguir la plata para comprar un DVD, porque ya nadie miraba en video. Y Cristina le decía: «Qué me vas a traer vos, Andresito, calle esa boca». Extrañaba a Arrieta y a Benítez, también. Que eran viejos, pero eran sus únicos amigos. Se preguntaba si sabrían lo que había pasado. Si se sabría en el barrio que él había quedado vivo.

De lo que sí tenía certeza era que de todas las personas que desfilaban por la habitación ninguna se parecía a la doctora, que hasta se sentaba en la sillita y se le quedaba conversando. Hoy le iba a pedir que le contara una película. Iba a ver cómo, porque tampoco fuera cosa de que se lo tomara a mal o pensara que era un atrevido. Pero él veía que a ella le gustaba conversar y eso le daba pie. Además, era inteligente y podían hablar de cosas. Isidro también lo era, pero de libros y películas nada. «No tengo tiempo», le había dicho hace unos días, entre el trabajo y Rocío, que no le daba tregua con el llanto, la teta y las cacas. Aparte, se estaba por separar. Pero Andrés no se había atrevido a preguntar más.

17

A Romana la encontró una tarde agobiante de enero dentro del horno de pizza que había hecho su padre. El hombre se había encaprichado con el dispositivo una vez que lo vio en la televisión, y estuvo días enteros haciendo mezclas y acarreando material de allá para acá.

Era como un iglú de cal y barro con una compuerta de chapa que se subía y se bajaba. Fátima tenía prohibido acercarse al horno porque la compuerta le podía arrancar la mano; aunque estuvo todo diciembre, después de terminar la escuela, mirando desde la piscina armable aquella construcción. Imaginó que podía ser una buena casa para las muñecas de acción, pero tendría que jugar parada arriba de un banquito y descartó la idea. Por entonces encontró a Romana.

Una tardecita, tratando de hacer la plancha en la piscina, estaba concentrada escudriñando el cielo entre las hojas de la parra, que ya se preparaban, exultantes como papel crepé, para recibir a las uvas. A veces veía pasar arañas que, de tan lindas y blanquecinas con sus ribetes negros, parecían de mentira. Pero estas eran de verdad. Si las veía la madre, enseguida venía con el Raid a todo lo que da y el padre se ponía loco porque le mataba los brotes. A Fátima le daba nervios esta circunstancia, a ella no le gustaba que se murieran las arañas. A veces pasaba: similares a recortes de cartón, caían en la piscina, duras de veneno, y Fátima les preparaba sendos funerales. Las pescaba con el cuenco de la mano, estiraba el brazo y las dejaba arriba de la mesa. Después salía de la piscina, agarraba a las arañas exterminadas y se iba para el pasillo de tierra que había entre la pared del costado de su casa y el muro del vecino. Escarbaba la tierra y después colocaba los cadáveres en el hueco. Antes de taparlas les ponía nombre, según la palabra que le viniera a la mente. La última que encontró se llamó Bazooka, como los chicles.

Pero esta preocupación por las arañas y sus entierros se diluyó el día que encontró a Romana, una lagartija a la que le dio captura metiéndose para adentro del horno de barro, porque estaba la compuerta abierta. Fátima aflojó el cuerpo en la piscina y desarmó su plancha perfecta, dio unos chapotazos torpes antes de pegar un salto y correr hasta el horno. Al salir, dejó una estela de huellas sobre el piso de material irregular, que rápidamente absorbió el agua, y se llevó por delante la mesa plegable donde sus padres tomaban mate todas las tardes. La piel olía a hipoclorito y a hule.

Cuando llegó, miró para adentro del horno. Al respirar, encontró al invierno y al verano, todo junto, ahí, entre las cenizas y alguna madera de obra a medio quemar. No se veía nada, así que dio vuelta un tacho de pintura de plástico y se paró arriba, desde donde logró una visión plena de aquella cueva en la que se hacían las pizzas y se escondían las criaturas. «Pss, pss, pss», dijo una, dos, tres veces. De esa manera, como la gente llama a los gatos. Fátima le dijo a la lagartija que no le iba a hacer nada, que no tuviera miedo. Finalmente apareció, asomó la cabeza junto con los rezongos de la madre, que encontró a la niña mojada con la malla puesta cuando ya había refrescado.

—Fátima, vení para acá. Te dije mil veces que no andes chupando frío. ¿Qué hablamos? —dijo la madre, al tiempo que la envolvía en la toalla—. Bajate de acá que te vas a caer, haceme el favor. Menos mal que te dijo papá que no metieras la mano ahí. Qué cosa contigo. Te llegás a lastimar y te ligás una paliza arriba, ¿escuchaste?

La madre la bajó del balde sosteniéndola con sus manos por debajo de las axilas. Mientras Fátima se secaba, displicente, envuelta en una toalla con la estampa de la pata Daisy, miraba para atrás, miraba la boca del horno para ver si aparecía de vuelta.

Apareció al día siguiente en el riel de la puerta corrediza de la cocina. La volvió a encontrar Fátima, que la agarró con las dos manos y se la metió dentro de la remera contra el pecho, como un canguro. Atravesó en pleno mediodía el fondo, que, luego de unos pocos metros contiguos a la parra, se convertía en un bosque o en una selva espesa, en la que también tenía prohibido meterse.

Se calzó las chancletas y se aventuró entre el pasto crecido, los aloes, las ruedas de bicicletas, que eran esqueletos oxidados en un cementerio de plantas y artefactos. Cuando por fin llegó al galpón, abrió la puerta desvencijada y aquel le pareció un lugar lleno de cosas y misterios al que regresaría. Ahora solo se preocupó por encontrar una caja, en la que introdujo a Romana, nombre que se le ocurrió al ver la palabra *Roma* escrita sobre una foto del Coliseo en un almanaque viejo de la farmacia Rex colgado en la pared.

Una vez que Romana estuvo a salvo dentro de la caja, Fátima le hizo agujeritos a la tapa con un destornillador, sacó un trozo de pan de adentro del bolsillo del short y lo desmenuzó antes de esparcirlo por la caja y taparla.

«Hasta mañana, Romana». No sabía muy bien por qué, pero para ella era varón, ahora que lo miraba bien.

Romana pronto se convirtió en una mascota, fría y húmeda como cualquier anfibio, que Fátima creía domesticar día a día. Había aprendido a encontrar el momento exacto para poder aventurarse en la selva del fondo sin que nadie notara su ausencia. En la hora de la siesta, había adquirido destrezas olímpicas para demorar lo menos posible en la travesía y así pasar más tiempo con Romana.

Para ello, dibujó un mapa del fondo en el que detallaba con lapiceras de varios colores cada accidente geográfico y cada fósil. De esta manera, llegó un momento en el que la corrida hasta el galpón era un deslizamiento fantasmal; ella, un espectro que se confundía con alguna brisa de la tarde en Melilla, como cuando pasan los aviones y las copas de los árboles hacen reverencias coreográficas.

Una vez en el galpón, Fátima levantaba la tapa de la caja y ahí estaba Romana, con sus pequeños ojos diminutos, parecía mirarla. «¿Me extrañaste?», preguntaba la niña y la lagartija le respondía que sí. Entonces ella le daba más pan. Hasta que un día escuchó a su padre decirle a su madre que por favor no le matara más las arañas de la parra, porque estaban ahí por algo: para comerse a los bichos que atacaban las hojas y las uvas. Y Fátima pensó en Romana.

A partir de ese día, salía sigilosa de la piscina y se ponía a recolectar insectos en un bollón con tapa. Matamoscas en mano: hormigas, mosquitos y gusanos, que siempre elegían anidar entre la tierra húmeda debajo de las baldosas y las piedras. Se dio cuenta con la primera degustación de que para Romana eran manjares, así que nunca más volvió a darle pan. El trocito se lo comía ella cuando iba a verla. Por esos tiempos, empezó a andar descalza porque una tarde se le incrustó un clavo en la suela de la chancleta y la madre la puso en penitencia al constatar que las suelas, además del clavo, estaban llenas de abrojos, y eso solo podía ser resultado de sus peregrinajes por el fondo. Además, no estaba la cosa como para andar estropeando el calzado, según le dijo, al tiempo que le daba unas palmadas al cuaderno amarillo de matemática dispuesto arriba de la mesa del comedor, adentro.

Esa tarde Fátima estuvo todo el rato haciendo cuentas. Cada tanto la mirada se posaba en el mueble de las copas, en las cortinas de bual amarillentas y en la calle desolada a esa hora de la siesta en pleno enero. Toda la sombra de la tarde estaba ahí con ella en ese comedor. Apenas si se acordaba de las divisiones entre dos cifras, que tanto le habían costado el año anterior. Borraba, escribía, borraba. El mantel, que tenía el mismo olor que la piscina, se llenaba de viruta de goma de pan. La hora del informativo marcaba el final de la tarde y de la penitencia. Nadie le iba a fiscalizar ningún resultado.

Extrañó hablar con Romana ese día. Y se preocupó por dejarla sin comer ahí a oscuras, dentro de su caja. Pensó que buscaría algo más grande, quizás transparente. O las latas de galletas con un círculo de vidrio en uno de sus lados. Ella tenía el recuerdo de que en su casa había una. Tal vez hasta estaba en el galpón. Solo era cuestión de empezar a buscar. Le pondría pasto y un recipiente con agua, como a los reyes.

Al día siguiente se metió en la piscina temprano. El padre otra vez remachaba la compuerta del horno, porque cuando se abría, en vez de quedarse arriba, caía como una guillotina. La madre tendía la ropa mientras ella se hundía una y otra vez en el agua, boca arriba, boca abajo, con los ojos abiertos y también con los ojos cerrados. Esperó. Fue paciente. En toda la mañana no hubo movimiento brusco o delator, agazapada bajo las aguas como los cocodrilos.

Se mantuvo a salvo de las penitencias. A la hora de la siesta salió de la piscina y corrió, ágil, entre la maleza y los obstáculos ya conocidos. La puerta del galpón estaba cerrada con alambres remachados sobre el viejo picaporte. Fátima intentó sacarlos, pero sus manos eran demasiado pequeñas y su fuerza, demasiado escasa. Al tercer intento le habían empezado a sangrar dos falanges.

Caminó sin rumbo sobre sus propios pasos, miraba el pasto sin entender, enclenque y tomada por un malestar similar a los síntomas de una insolación. Finalmente encontró un palo, que interpuso entre la puerta y los alambres, hasta que logró estirarlos y vencerlos. Apenas entró, constató que no estaba la caja de Romana. Se agachó, miró debajo de la mesa, no estaba. Volvió a salir. A pocos metros vio la tapa agujereada y un poco más allá, cerca del muro, la caja vacía sobre la maleza más despareja y salvaje.

Con desesperación adulta, Fátima empezó a llamarla en voz alta, como si fuera un perro que pronto aparecería moviendo la cola. Pero Romana no apareció. Se olvidó de sus padres, de la penitencia. Volvió a entrar al galpón. Una fuerza inimaginable emergía de su cuerpo esmirriado, comenzó a dar vuelta los tarros, a mover los objetos de un lugar a otro. Dio vuelta el frasco de clavos, el de tuercas y el de tornillos. Sacó a prepo todos los ejemplares de las *Selecciones del Reader's Digest* y los tiró al piso. Algunos quedaron manchados con la sangre de los dedos. Romana tampoco estaba ahí.

Se estiró la malla hasta desgarrar un tirador del hombro. Lloró hasta quedar afónica. En su mente había sido su culpa. Ella no había podido ir a cuidarla el día anterior. Pasó el resto de la tarde sollozando y volviendo a colocar los trastos en su lugar. Todos los clavos en su frasco, todos los tornillos, todas las arandelas. Encontró un banco y acomodó las *Selecciones*, una por una porque, si intentaba agarrarlas por fajos, las tapas satinadas resbalaban y volvían al piso en cascada.

Cuando terminó, y por el color de la luz que bañaba el fondo y entraba aplacada por la hendija de la puerta, se dio cuenta de que era hora de regresar, antes de que sus padres se levantaran de la siesta para el ritual del mate en la mesa plegable. Cerró la puerta del galpón con diligencia, tratando de simular un tapiado con los alambres que colgaban del pestillo.

Al poner un pie en el fondo para pegar la vuelta, lo vio a su padre, concentrado, con un palo largo como un bastón, mirando para abajo. Fátima se paralizó, pero el padre estaba tan dentro de sí mismo, que fue incapaz de verla. Así que ella se fue moviendo hacia el costado para salir de su campo visual y lo rodeó por la espalda como si dibujara un semicírculo con sus pasos. De esta manera, pudo acomodarse del lado de la cocina, como si hubiese venido desde ahí.

El padre hablaba solo en voz alta.

—Pero qué carajo es esto. —Fátima se acercó—. ¡Pero la puta madre, qué bicho hijo de puta! —dijo el padre, asustado, y soltó el palo, que cayó entre la maleza.

Fátima estaba aturdida. Se había pasado la tarde llorando y gritando, y después había tenido que ordenar todo. De buenas a primeras, el padre, ahí parado en el medio del fondo, parecía una criatura desdentada y vieja como el hombre de la bolsa que siempre había imaginado.

—Mirá, nena, mirá esta porquería.

Fátima dio uno o dos pasos largos para alcanzar a ver lo que el padre estaba viendo. Allí, atravesada por el rayo de una rueda de bicicleta estaba Romana, semiviva, casi muerta. El pincho clavado en la mitad de su pequeño pecho de lagartija asomaba varios centímetros por el lomo. Todo su cuerpo flotaba en el aire y acompasaba el imperceptible vaivén de la rueda. Apenas movía la cola y la patita derecha de adelante. Los ojos húmedos que parpadeaban, ahora lentos y pesados, eran más escuetos de lo que Fátima podía recordar.

—Seguí durmiendo, hermosa —le dijo Andrés, mientras juntaba los pedazos de lámpara.

—Perdón que me dormí, fue precioso lo que me leíste —dijo Fátima entredormida—. Estaba como soñando una cosa reloca, pero estaba despierta, te estaba viendo armar el puzle de Blancanieves con un ojo medio abierto. ¿Te conté alguna vez que tuve una lagartija?

—No, no me contaste.

Pero antes de seguir hablando, Fátima volvió a dormirse.

18

Julia tuvo dos novios. Ambos eran hijos de amigos de sus padres que frecuentaban la casa de Punta Gorda el último domingo de cada mes. Con frecuencia, pensaba que a la fracción de gente con guita más recalcitrante que había conocido en el último tiempo le gustaban los rituales porque podían permitírselos. La plata puede anticipar, prever las vacaciones, la educación privada, la colonia —ese depósito de almas pequeñas en shorts de baño y en mallitas—, la emulación.

No obstante, y habiendo empezado a vivir, de buenas a primeras, de otra manera, nada era suyo: no hasta que empezara a estudiar ciencias con miras a irse del país. Pero por ahora tenía que bañarse el domingo de mañana y vestirse, para después deambular por el living de su propia casa, siempre tan ajeno, como una yegua de muestra a la que enderezan por las jáquimas.

Como el sonido de un bollón al colocar su boca en una oreja, Julia escuchaba las conversaciones: suprimidas, oceánicas. Su madre y sus amigas hablaban de las mermeladas que había empezado a cocinar Lilián, de higo y de frutos rojos. Su padre, a quien ya por entonces se lo veía taciturno, con la tristeza de los fantasmas cuando son descubiertos o invocados, deambulaba también, al igual que ella, pero sin mostrarse. Más bien escondía la cara, siempre con la mirada puesta en el whisky que se enrevesaba entre los hielos. El padre ya no parecía notar la presencia de la gente, de las mermeladas, de alguna carcajada que cada tanto descomponía el decoro. Al observar estas escenas de revista hípica, Julia solía sentirse expulsada de su propia vida: el recorte mal pegado en un collage.

Franco se le acercó con una Peroni en la mano. Julia estaba en el fondo, debajo de la glorieta, que en su barrio anterior llamaban *gazebo*, esa palabra tan modesta, aunque única y en extinción. En el fondo de su antigua casa había uno, aunque le decían *eltoldo*, así, todo junto. «Abajo de eltodo», «corré eltoldo», «se mojó eltoldo». Era con rayas verdes y naranjas, sostenido arriba de la mesa por cuatro varillas de metal blanco, una en cada vértice. En verano resguardaba la mesa con la sombra maléfica que proyectaban los ensueños.

Este de ahora es blanco y tiene ribetes redondeados como medialunas, que le dan la sofisticación *kitsch* de los jardines americanos de los años cincuenta. Las cosas son las mismas, ocupan los mismos lugares, pero todo es más caro y otorga a la familia Bazin la noción de que es mejor.

Franco fue torpe y tímido, pero no lo suficiente, porque después de preguntar «¿Puedo?», estiró la mano, agarró una silla y se sentó junto a Julia.

—Franco, ¿no?

—Sí, vos sos Julia.

—Sí —dijo Julia por compromiso, recostada, hundida en la silla con la cara hacia el sol y la nuca partida al medio por el borde del respaldo. Miró con un ojo solo, el otro lo dejó cerrado.

Podía reconocer objetivamente que Franco era un pibe atractivo, que cualquiera de sus amigas de los dos liceos lo habría confirmado, pero a ella no se le abría un poro, aunque lo quisiera. No sabía si era su vestimenta o esa forma de llevar el pelo largo que es un insulto para el pelo largo. Los ricos no deberían permitírselo. Sabía, desde antes de escucharlo, todo. Que decía *colegio* en vez de *liceo*; que decía *chicos* en vez de *chiquilines*; que esa cerveza que tenía en la mano no era un perro verde, un milagro en la heladera por motivo festivo, sino cosa de todos los días, cuando quisiera.

Julia, que había visto los dos mundos como una elegida, alimentaba un rencor que no tenía que ver con un dogma o una doctrina, era asco nomás. Aunque tampoco extrañara su vida anterior, ni a los perros de Ricardito, ni los gritos de la gorda Susana en el medio de la cuadra llamando a Javier con sus vestidos de tela mal cortada, similares a los de Vilma o Betty; tampoco extrañaba la cumbia del Héber a todo lo que da desde los parlantes del dudoso Mercedes con el que se pavoneó un año entero por el barrio.

—¿Hace mucho vivís acá, en esta casa? Es relinda.

—¿A vos por qué te pusieron Franco?

—Ni idea —dijo el hijo del amigo de su padre—, porque está bueno, yo qué sé.

Julia pensó en los nombres signados por la historia y en cómo no quedan proscritos en los registros civiles del mundo. Por qué alguien vería a un bebé y le pondría Franco, Benito, Adolfo. En el mundo de las glorietas estaban de moda.

—Ah, pero veo que se están haciendo amigos —dijo la madre de Julia al aparecer por detrás de las dos espaldas.

Julia sintió un fuego en la columna, esa ira que solía estallarle en alguna parte del cuerpo y le soltaba esquirlas en todos los órganos. Pasaba mucho rato extrayéndolas, en posición de una guerrera replegada, se escondía en su cuarto y no volvía a salir hasta la cena, y a veces ni salía, aunque tuviera hambre.

Se puso de novia con Franco por inercia y para sacarse la virginidad de encima, a la par de sus amigas. Como Tania, que a los quince le tocó timbre para ir a la plaza y contarle con lujo de detalles cómo había sido estar con Rodri Reyes. Tania describió todo. Cómo le había ido cambiando la pija a medida que apretaban, que ella se había chupado mucho los dedos para practicar, que la pija se llenó de venas, como cuando pasás un algodón con grafito sobre un papel de calco en superficies con relieve, y eso le había encantado. Que es fea, pero calienta igual. Que no se habían cuidado, pero que él había salpicado todo afuera y había hecho un lío que tuvieron que limpiar con la esponja de la cocina.

Esa tarde Julia llegó a su casa enojada. Tenía envidia de Tania, de su placer, de lo que había sentido, de lo que había visto. Pensó que Rodri se aburriría de ella porque era hueca. Se acostó en la cama y hundió la cabeza en la almohada, gritó, la mordió, transpiró, ahogada. Se dio vuelta con rabia y se acomodó boca arriba, se levantó la remera, se corrió el soutién y comenzó a mortificarse los pezones, apretándolos con el índice y el anular, con fuerza, hasta que le dolieron y sintió toda la humedad en la bombacha. Pensó en la pija de Rodri, en la descripción del papel de calco que le hizo ver todas las venas a ella también. Armó su cartografía con la lengua, incluso junto a Tania, y se quedó en esa imagen mientras presionaba cada vez más los dedos dentro de los labios viscosos. Al imaginar que Rodri estallaba en su boca y en la de su amiga, emitió un gemido, casi un grito. Se acomodó la bombacha, se subió el cierre del pantalón y se quedó boca arriba, mirando el techo.

Aunque conocía perfectamente su cuerpo, probablemente mucho más que sus amigas, jamás habían hablado de la masturbación entre ellas. Se dio cuenta de que entre mujeres no se hablaba y entre niñas tampoco. Aunque todas lo hacían. Todas, en secreto, escondidas y con culpa. Como aquella primera vez bajo el toldo de la Mehari, donde sintió los primeros espasmos debajo del ombligo que le dejaron la panza dura y los pezones como dos carozos de durazno bajo la piel, sensibles a la tela, detectables detrás del buzo sin soutién, que no era necesario porque se le subía, igual que los triángulos del bikini cuando arreciaban las olas. Era un acto incluso más íntimo que cogerse a alguien: cogerse a una misma, pensaba.

Franco se llenó de ira un día en el que, después de coger, la encontró tocándose sentada sobre la tapa de inodoro. Es que Julia nunca podía llegar al orgasmo con él. No llegó la primera vez ni las siguientes. Franco era tosco y elemental como un prejuicio. Ella muchas veces pensaba en Tania y en Rodri Reyes mientras lo hacía con Franco, pero, si bien esa imaginación la ayudaba a que doliera menos, no alcanzaba. Entonces, con frecuencia se iba al bañito del cuarto a tocarse para encontrar alivio. Franco se escandalizó, católico. Y ella le dijo que no quería verlo más, que se fuera a la mierda.

La madre y el padre de Julia lo vieron atravesar el comedor y pegar un portazo, pero nadie se inmutó. «Cosas de chicos», dijo la madre en vez de decir *gurises*, ya habiendo interiorizado el nuevo idioma con la rapidez y el patetismo de un jugador de fútbol del tercer mundo, que de pronto se ve obligado a hablar alemán.

19

Ernesto se despertaba la mayoría de las veces con la tela del buzo embebida en su transpiración, pegada a los poros bajo la frazada. A veces los ojos de su hermano, iguales a los suyos, lo interceptaban como los de un zorrillo de ruta frente a los focos; destellaban cuando el farol de la calle tintineaba dentro del cuarto, según el vaivén de las ramas y las hojas.

Se levantaba contrariado, enojado con el mundo, consigo mismo, y se la agarraba con el primero que se cruzara, menos con la Filo. A su maltrato se entregaba dócil, porque era parte del convenio secreto que tenían desde la infancia. Era un castigo y una forma de pagar la culpa, siempre en cuotas. Pero de esto nadie sabía nada. Era cosa de ellos dos, aunque su hermano Andrés hubiera tenido también que aprender a vivir con aquel miedo que, de tan natural ya, tenía el olor único de ese espacio habitado por esa familia, porque las familias tienen su propio olor, más allá de los artificios jabonosos o los inciensos.

Cada mañana, el gesto adusto y taciturno, los nervios ópticos como un mapa político alrededor de cada iris y la paciencia escasa ante cualquier señal de movimiento. A Ernesto le costaba salir de los sueños malos y a veces no tomaba conciencia de su fin al despertar. Si alguien querido había muerto mientras soñaba, desayunaba con sensación de duelo; si había cometido algún tipo de delito, se lavaba la cara pensando que la policía tocaría timbre de un momento a otro. A veces soñaba que Bruno aparecía y le dejaba un autito o un alfajor arriba de la mesa o detrás de la tele donde estaba la Atari, el regalo más preciado de ambos hermanos. Esas mañanas y hasta pasado el mediodía, cuando relevaba a Andrés en el taller, se le atoraba un sentimiento melancólico y consistente como un poema bien hecho.

A veces, Andrés, que estaba despierto siempre hasta entrada la madrugada leyendo o pensando, se quedaba escrutando a su doble. Acostado en la cama contigua, separado por un mínimo pasillo que empezaba en la mesa de luz y terminaba en el ropero, aquella réplica de sí mismo le peleaba a la contra hasta cuando dormía. Porque Ernesto se movía mucho y murmuraba enunciados inentendibles entre respiraciones, suspiros y ronquidos. Por momentos, se agarraba a trompadas con el aire, se pegaba en los codos y en las manos como en una convulsión direccionada por la ira.

Cuando Andrés se asustaba, intervenía. Si bien no se atrevía a despertarlo, no fuera cosa que el otro se enojara porque era de carácter más bien impredecible, se le acercaba despacio y lo obligaba, con delicadeza, a cambiar de posición. Una vez, hasta le limpió la sangre de un nudillo que se había raspado contra la pared.

Andrés siempre pensó que Ernesto lo conocía más a él que él a Ernesto. Aunque para el afuera, los vecinos, los viejos del ajedrez, Cristina o Fátima, fuera al revés. Porque Andrés, con sus libros a cuestas y su personalidad atemperada, se colocaba a ojos del resto en un montículo de observación. En cambio, Ernesto, siempre explosivo, no sería capaz de haber aprehendido los arcanos reservados en el cuerpo de su gemelo.

El de los hermanos es un vínculo siempre frágil y enmarañado, y el de Ernesto y Andrés lo era también. Se fundaba en un amor llano, que a veces se tornaba competencia voraz y otras, frustración. Había un hueco cavernoso lleno de aire entre ellos, algo que nunca se dijo y que había condicionado la vida de los dos.

Esa condición había empezado en un momento que, de habérselo preguntado, ambos podían identificar. El recuerdo de aquella vuelta a casa se había instalado en la mente de Andrés como un fósil que se llenaba de nutrientes ante cada nuevo golpe, ante cada nuevo castigo.

Siempre creyó que su madre se había vuelto loca de un día para otro después de la muerte de Prudencio, cuando ellos eran chicos. Como un viajero del tiempo que ve el futuro y vuelve al presente a despedirse, el hombre se había pegado el tiro delante de la televisión a la hora del informativo.

La crisis del año anterior se había propagado en el Río de la Plata y matado gente. Como tantas, de un día para otro, la familia Lavriaga se había quedado sin plata. Al taller comenzó a llegar la cuarta parte de los autos. Los vecinos que tenían transportes los vendieron para poder invertir en las cosechas de membrillo y de vino del año siguiente. Si bien Ernesto y Andrés se las ingeniaron con lo mínimo, más la pensión que recibía la madre —que, aunque pegara, dejaba el cobro entero a disposición de la casa—, la idea del robo se afianzaba para poder irse de ahí y empezar de nuevo, como en las películas.

Fue unos días después de la visita del Sinatra y el Chaco para coordinar el asalto que los dos hermanos hablaron. Una conversación reveladora y sincera que empezó como un hilo que se cincha del resumidero y que trae consigo lo insondable.

Andrés se dio cuenta, en medio de una diatriba del Sinatra, quien explicaba la diferencia de arranque en pendiente entre el Citroën y el Fiat Palio. Similares al mercurio, rodaban en la mente de Andrés imágenes y momentos de toda una vida, que ahora, amontonados, comenzaban a significar algo, a tener sentido.

De pronto, Ernesto era otro, llamado a silencio en un extremo de la mesa, sus facciones parecían haberse desprendido de su cara, livianas, flojas. La mirada direccionada hacia el Chaco, un hombre de treinta y pocos años, flaco y alto, con la cabeza rapada a los costados y un pelo rubio oscuro, lacio y grasoso, que le caía en mechones como de una fuente. Fumaba y parecía escuchar atento a su secuaz, que hablaba fuerte y solemne como el del informativo de radio Monte Carlo. Cada tanto le interceptaba, a su vez, los ojos a Ernesto.

Su madre había comenzado a pegarles muchos años antes, cuando Andrés y Ernesto eran niños en el último año escolar. Si bien el miedo era común en ambos, sus actitudes eran distintas cuando la Filo aparecía en el cuarto. Porque se presentaba a ciertas horas, como quien cumple una rutina o un mandato. Pocas veces los golpes eran resultado de un mal paso espontáneo del carácter. La madre le pegaba primero a Andrés, que se acurrucaba contra la esquina de la cama y se sentaba arriba de la almohada al verla entrar.

El lugar de observador siempre era primero de Ernesto, que, con el cuerpo fresco y aún sin dolor, tenía que presenciar cómo su hermano se iba encorvando sobre la cama, convertido en una pasa que lloraba y chillaba o, a veces, ni eso. Cuando le llegaba el turno a Ernesto, Andrés ya no podía mirar; retorcido de dolor, gritaba por él y por su hermano, pero la madre parecía una autómata. Ernesto solía soportar los embates en silencio, excepto por algún grito puntual cuando dolía mucho. Las lágrimas caían mudas por la cara y las pecas, la única marca cutánea que diferenciaba a los hermanos.

«Vení para acá, ahora van a ver los dos, guachos de mierda». Era una frase de cabecera, conforme fueron creciendo y teniendo más agilidad para violar el pacto de sumisión. Al verla entrar, corrían dentro del cuarto como ratas en torno al cuerpo de su madre, que se daba vuelta una y otra vez tratando de alcanzarlos, hasta que los alcanzaba. No les pegaba en la cara.

Cuando eran más chicos, eran golpes con el lado inferior del puño, con el que se golpea una mesa en señal de objeción. Pero, cuando crecieron, solo podía alcanzarlos con el cinto una o dos veces; la punta de la hebilla se estiraba en el aire como la lengua de una serpiente y les alcanzaba las espaldas o los brazos.

Además de ellos mismos, solo Fátima en un futuro conocería las cicatrices de los dos, porque, aunque fuera un secreto a voces, jamás lo contaron en la escuela, a una maestra, a un compañero. La historia rumoreada sobre la madre decía que no tenía educación, que había empezado a trabajar limpiando casas cuando tenía quince o dieciséis, allá en Melo, hasta que se vino a Montevideo y conoció a Prudencio en un baile de club al que la habían invitado los patrones. Al poco tiempo se casaron y ese mismo año nacieron Ernesto y Andrés. La otra historia, la de su familia y su idiosincrasia, no la sabía nadie y, si acaso la sabía Prudencio, se la había llevado aquella bala que le atravesó la cabeza e hizo estallar la pantalla del televisor.

De haberse encuestado a los vecinos, casi todos habrían declarado que era una buena mujer, aunque distante. Pocos, como Cristina, sabían que «de un día para otro le había dado por los tatequietos a los gurises», como recordó uno en la cuadra, luego de verla llorando en la provisión a los pocos días del accidente.

Nibia se pasaba el día limpiando, como toda la vida, y cocinando los guisos que en el barrio tenían fama de ser los mejores del invierno. Los martes y jueves era su momento. Dejaba todo pronto desde temprano para poder ver la novela brasileña en el 12. *La próxima víctima* la vieron todos, menos Prudencio. Era la primera emisión de la Red O Globo que tenía un giro policial en el argumento. A cada protagonista le llegaba una advertencia de muerte, porque figuraban en una lista de elegidos basada en el horóscopo chino. Cada martes y jueves, la familia Lavriaga se sentaba alrededor de la mesa del comedor a mirar la emisión. Una de las villanas se llamaba Filomena. Una vieja que, de todos los vicios, había elegido despuntar la maldad. A ese personaje Nibia le debía el apodo que en secreto le habían puesto sus hijos, cuando empezó con lo de la religión y los castigos.

Los azotes empezaron después de la muerte de Prudencio, tras unos largos días de duelo y silencio, en los que apenas se asomó algún vecino a preguntar si precisaban algo. La madre lloraba más que nada de nochecita, la hora en la que sube la fiebre de los enfermos y acucian las puntadas ante las faltas.

Durante el primer mes de duelo, después de la escuela, Andrés empezó a frecuentar la casa de su tía

Enelda, la hermana de su padre, que se había ofrecido para alivianar a Nibia. Ernesto se quedaba en casa hasta que su hermano regresaba a la hora de cenar. En aquellas tardes y para entretenerlo, Nibia dejó que Ernesto recibiera la visita de algunos compañeros, que venían a hacer los deberes y a jugar un rato.

Bruno pronto reemplazó a Andrés porque iba casi todos los días, así que la merienda igual se preparaba para dos. Era un niño tímido, pero muy fresco, que siempre saludaba a Nibia mostrando abierta la palma de la mano cerca de la cara y la trataba de *usted*, aunque alternara los modos del respeto con algún *tú* o *estás* escapados cada tanto.

Una tarde, mientras preparaba los cafés con leche junto a los panes con manteca y azúcar, Nibia llamó a Ernesto para que fuera a buscar las tazas y el plato, pero Ernesto no acudió. Así que, con la paciencia en retirada, se fue hasta la pieza del fondo, la que era de los hermanos. Al llegar a la puerta con una taza en cada mano, le extrañó no escuchar el alboroto habitual de los niños con los videojuegos y abrió la puerta, llamada por la curiosidad o el mandamiento materno de dar captura.

El cuarto estaba en penumbras. Apenas se filtraba el resplandor de la tardecita a través del bual de las ventanas, esa hora en la que el aire puede verse. Primero interceptó dos sombras, que fueron adquiriendo nitidez al acercarse a ellas.

Como dos hombres en miniatura, Bruno le pasaba la lengua por la oreja a Ernesto, que a su vez se tocaba la entrepierna con los ojos cerrados, acostado panza arriba con la nuca y la cabeza apoyadas en la pared y los pies fuera de la cama. Nibia reventó una taza contra un dibujo de He-Man pegado en la puerta del ropero, y el café con leche salpicó hasta las cortinas y los cuadernos arriba de la mesita que oficiaba de escritorio. Los dos niños se separaron bruscamente y Bruno saltó de la cama e intentó irse, pero Nibia lo agarró del brazo y lo zarandeó.

—¡Te vas ya de acá, degenerado de mierda!

Bruno temblaba delante de las piernas de esa señora que parecía tener el odio reservado en los ojos, y le dio miedo. En segundo plano, Ernesto se acurrucaba en el extremo de la cama, como en el futuro cercano lo haría también su hermano ante cada golpiza.

—Te vas ya mismo de esta casa, pendejo de mierda. Y no volvés a ver a mi hijo o le cuento a tus padres que sos un putito, ¿me sentiste?

Bruno se fue corriendo. Salió del cuarto, cruzó el pasillo, tiró un florero del *dressoire* y golpeó la puerta al salir. Esa tarde empezaría una nueva vida para los hermanos Lavriaga y también para Nibia, que poco tiempo antes se había convertido en Testigo de Jehová, después de que la convencieran dos señoras que tocaron la puerta una tarde de siesta, la hora en la que pasa la religión con sus polleras y sus folletos.

Desde entonces, y luego de varias desapariciones en las que concurría a un Salón Religioso en Lezica, se fue transformando como los animales que mudan de piel. A veces parecía meterse en largos túneles de trance, mientras leía la Biblia apoyada en la mesa del comedor con la tele apagada. Y otras, después de lo de Ernesto y Bruno, y sin un giro en el carácter que avisara, abría la puerta del cuarto de los hermanos y les pegaba. Luego de terminada la faena, se iba en silencio; el resto de los días emitía la cantidad suficiente de palabras como para dar alguna indicación o pedir algo.

Un rato después de que Bruno se escapara corriendo, Andrés regresó a la casa y notó, de entrada, un ambiente distinto, además del florero hecho añicos en medio del pasillo. Como en el último tiempo, su madre estaba leyendo la Biblia en la mesa del comedor, pero esta vez se balanceaba hacia adelante y hacia atrás. Al dejar la mochila en el piso al lado de la puerta y preguntarle por Ernesto, la madre no respondió. Parecía otra persona. Andrés atravesó el corredor rápido y llegó al cuarto.

Al entrar, Ernesto le pidió que no prendiera la luz. Andrés se movió con destreza entre la oscuridad, como si viera. Conocía de memoria la ubicación de cada objeto, de cada mueble, incluso la de los autitos desparramados.

—¿Estás bien? ¿Pasó algo con mamá?, está rara —preguntó y dijo, con la mano apoyada sobre el hombro de Ernesto, que sollozaba, encorvado, echado de costado, de frente a la pared.

—No te vayas más a lo de la tía. No te vayas más —dijo, y se echó a llorar con ahogo, con la cara hundida en el estampado de la almohada.

20

Ni siquiera fue bautizada. En su casa no habían creído nunca en religión alguna. Recuerda a sus compañeras de clase de la escuela pública. Las de los barrios modestos, pero de casas con tejas y merienda fija, solían usar pendientes de perlas. Algunas, cada tanto, se aparecían con perlas originales, heredadas, por lo general, de las abuelas. Se las diferenciaba fácilmente porque la verdad es amarilla, no blanca. El blanco era reservado para las perlas de *bijouterie*, que muchas querían usar por una cuestión de estatus, para aparentar.

También en una época se pusieron de moda los rosarios como adornos. Así, con todos los avemarías, los padrenuestros, el primer misterio y los otros. A Julia le gustaba la forma del collar, pero le extirpó a Jesús una tarde en el patio de la escuela. No fue violento el acto, fue delicado; con la punta de un lápiz mecánico y ayudada por el pincho del compás, hilvanó los extremos de alambre, que quedaban libres sin Jesús. Hasta la maestra de su curso, que era laica o decía serlo, como lo disponía la educación pública del país desde la reforma, la había retenido otra tarde antes de salir al recreo para preguntar, con cierta suspicacia, por qué no estaba Jesús colgando del collar. «Porque no me gusta —dijo Julia—, porque es más lindo así, sin nada».

Al año siguiente, muchas amistades comenzaron a tomar la primera comunión. Y Julia iba a las iglesias convidada siempre por sendas tarjetas, confeccionadas con papel de calco labrado que, al tacto, parecía braille. Todo en ella era subversivo, pero aún era una niña como para saberse parte de algún acto consciente. Para los demás, sobre todo para los padres y las madres de sus amigas, era una niña distinta, que no inspiraba confianza, como si siempre estuviera tramando algo.

Le daba asco el agua bendita depositada en la vasija detrás de los umbrales. Esto, porque, la primera vez que había entrado a una iglesia, la madre de su amiga le mojó la frente y ella vio cómo se retorcían en el agua varias mosquitas del verano, de esas que aparecen en torno a las bananas cuando están maduras o alrededor de la basura cuando está podrida. Desde entonces, al entrar a un templo, siempre corroboraba que no hubiese insectos flotando y después sí, incluso se mojaba ella misma la frente para pasar inadvertida.

Un día le preguntó a su madre por qué no la habían bautizado. Y la madre le explicó que en la familia los últimos católicos habían sido los tatarabuelos, pero que después de eso se había perdido la tradición. También refirió que su padre, el abuelo de Julia, había leído la Biblia más de veinte veces y, según decía, se trataba de la mejor obra de ficción jamás escrita.

Antes de morir, el abuelo pidió que desatornillaran el crucifijo que por defecto venía adosado a los ataúdes, producto de lo que los historiadores conocen como *era civilizada*, posterior al período colonial en la historia de la sensibilidad del país. Cuenta esa misma historia que, en aquel tiempo de colonos e indígenas, exudaban los tabúes, sin serlo todavía, en la primera piel. El sexo, la enfermedad, la violencia, la muerte. Antes de la llegada de la pompa fúnebre a la italiana, los cementerios eran vertederos de muertos y no ordenadores simbólicos como lo fueron luego. Así, la religión católica había neutralizado la brutalidad nativa con que nuestros antepasados vivenciaban los ritos del morir. Épocas en las que se convocaba a los niños de las escuelas a participar con sus cánticos, como ángeles, de los sepelios; donde las calaveras muchas veces emergían de la tierra revuelta de los camposantos, sin lápidas ni sellos que indicaran el más allá y el más acá. Todo era un ahora putrefacto y real.

Julia piensa en todo esto, en cuando leyó aquel libro de historia y se sintió sabia por un tiempo, mientras se pincha apenas la yema del índice con la punta de una perla que encontró tirada en el pasillo en una de sus peregrinaciones para ver a Andrés. Esta es de verdad. Una perla de verdad. Tiene el nacarado de lo antiguo, de lo caro, de lo que no existe. «Dónde se habrá hecho», piensa, al tiempo que sigue jugando con el pendiente entre sus dedos, hasta que se le cae al lado de su cama improvisada dentro del placar.

Empuja la perla hacia ella ayudada por el pie, que se estira y la arrastra. Será un amuleto, evalúa. Algo en lo que creer. Algo en donde depositar todo lo que esté fuera de sus acciones, de sus decisiones. Algo que la va a cuidar. «De qué», se pregunta. De que la encuentren. De que la sepan. La han sabido toda la vida. Por distinta, no por pretenderlo. Expuesta como las vísceras en una autopsia, así es su vida: siempre sospechada.

Fue la que puso cara de asco la primera vez que alguien le introdujo una hostia en la boca. Porque ella hacía la fila en cada ceremonia a la que la invitaban, sin saber que podía negarse porque ella no creía. Y los padres y las madres la miraban distinto, o al menos ella creció con esa idea. Más adelante empezaría a esconderse para no tener que encajar. Ya en la casa de Punta Gorda, en la época del novio con nombre de dictador, evitaba compartir las cenas con los amigos de sus padres. Y después bajaba a comer en cuclillas, de madrugada, sin que nadie la viera. Una banana, alguna sobra. La madre pensaría que tenía un trastorno alimenticio, entre lo flaca que había sido toda la vida, las ausencias en las cenas familiares y la comida nocturna roída. Pero si su madre alguna vez tuvo esa sospecha, la dejó ser, jamás la increpó, excepto, claro, por los desaires que les hacía a las visitas. Julia se había criado sola. Su madre, ahora que lo piensa, también había usado perlas después de la mudanza a la casa nueva.

Esa mudanza ocurrió poco después de que se formalizara el cobro en el banco. A veces toca vivir un fragmento de la vida en el que todo parece un sueño que le pasa a otro. Pero lo cierto es que, un 6 de enero, los padres de Julia ganaron el gran Premio Ramírez de Maroñas. Ellos, que no sabían nada de caballos ni de apuestas, se dejaron convencer por un vecino de Colorado y Cufré, que era apostador y tenía, incluso, caballos de carrera que criaba en los establos del campo. El hombre, con poco tino, así lo interpretaron, les había comentado cuál era el favorito y los había arengado a que se alistaran de galera y bastón. Aunque no fueran a apostar, valía la pena esa jornada, en la que el hipódromo se convertía en el epicentro de todas las épocas, una mole que ahora se levantaba en Maroñas, con el capricho de las construcciones imponentes en las estepas de los barrios humildes.

La madre y el padre de Julia estuvieron semanas dilucidando si irían o no. En la mesa de Navidad y de fin de año se habló del tema. Mientras ahora introduce la perla por el casi sellado orificio de su oreja, Julia recuerda la noche en la que ella y su hermano prendieron un volcán en las escalinatas de la casa, entretanto sus padres miraban los fuegos artificiales en el cielo y hablaban del alquiler de un traje y de la refacción de un vestido.

El 6 de enero se fueron en taxi al hipódromo. Julia y su hermano se quedaron mirando *Paris, Texas*, que ese día daba un canal de aire, como una película menor de matiné. Cada tanto, se turnaban para arreglar la antena e incluso para ir a buscar más cerveza o cortar un poco más de fainá de queso, que la madre había dejado pronto antes de bañarse y vestirse.

Al llegar al hipódromo, el padre de Julia sintió su modestia en la boca del estómago, al observar que la mayoría de los hombres llevaban moño y no corbata. Algunos lucían chalecos: labrados por delante y sedosos sobre la espalda. El hombre acarició la corbata, calmándola, y erigió la pera, porque había que atravesar un hall lleno de murmullo y cuellos duros. El ambiente era similar al de las fiestas de bienvenida de los cruceros.

La madre de Julia se encontró con una vieja amiga de la facultad, que enseguida se aferró a su antebrazo, comentando la sorpresa de verla justo ahí, que quién iba a decirlo. Se sintió ataviada con el vestido arreglado por la modista. Quizás todavía con olor al queso del fainá en las manos; un animal exótico, rumiante entre los salones de mármol y moquetas percudidas de suerte. Al pasar por delante de un ventanal, observó la pista. Era más inmensa, sin dudas, de lo que había visto por televisión.

—¿A quién vas a jugarle? —inquirió la vieja amiga.

—A Espuela Cruel —dijo sin dudar, aunque mintiendo, porque minutos después apostaría por Canto Salvaje, el favorito según el rumor convidado.

Se encontraron con el vecino poco después. Hablaba animado con otras personas, que lo escuchaban con atención en un semicírculo. Al interceptarlos, se salió de la ronda con ademanes cordiales y guio a los nóveles apostadores hasta el mostrador. Fue ahí mismo que depositaron una buena suma de los aguinaldos de diciembre a favor de Canto Salvaje.

El cajero incluso se sorprendió por el efectivo, que se trancó en el espacio de aire entre la ventanilla y el mármol. El padre de Julia tuvo que introducir sus dedos para empujar el fajo, que el cajero desdobló, contó a mano y luego colocó en la máquina automática, la que cuenta la plata y hace el ruido de los naipes en las manos de un mago.

La pareja observó la carrera sin entender la técnica, como quienes, en la tribuna de un partido de tenis, se ocupan únicamente de seguir el bamboleo de la pelota y de que no pique afuera de la línea perimetral. A su alrededor pudieron constatar estados de fervor y penuria, de alabanzas e insultos. Todas esas personas allí, mezcladas en las graderías como en los teatros de Shakespeare. Correctas señoras arrojaban sus sombreros, que giraban como discos hacia el vacío, y algunos hombres se agarraban a trompadas en defensa de sus favoritos.

Ambos se miraban, cada tanto. El padre de Julia adiestraba los binoculares, que le producían mareo y náuseas por la lente y el transcurrir aumentado de los caballos.

El alboroto fue creciendo entre los ropajes caros, aunque desvencijados, y los rostros tapiados de sudor, que asistían, expectantes, a la última vuelta de la carrera.

Dos cabezas había sacado Canto Salvaje, que llegaba cómodo en el último medio minuto; pero de pronto un brinco, una respuesta rebelde al rebenque, hizo que el caballo se frenara de golpe y expulsara al jockey por arriba de su cabeza. Quedó colgando. Entre el silencio en la tribuna, solo se escuchaba el ruido de algún hielo contra el cristal de un vaso y el aluminio de las herraduras contra el barro.

En la pista, los galopes eran la sangre en un cuerpo nervioso. Las manos del jinete, arrastradas por el barro como pañuelos al aire, igual se articularon para seguir azotando las venas del costado de Canto Salvaje. El caballo siguió, desbocado, a toda velocidad. Cruzó la meta. Había ganado.

Al jinete tuvieron que cazarlo junto con su caballo, porque Canto Salvaje no entendió el final y lo arrastró al menos cien metros más por la pista. Lo descolgaron como un fardo, desmayado y ganador. Mientras, en las tribunas había abrazos y júbilo, consternación y escupitajos.

La madre y el padre de Julia entendieron que era eso. Que la suerte era eso. Se abrazaron, lloraron, volvieron a abrazarse. Cada tanto miraban la pista. La ambulancia que entraba, el jockey desmayado en la camilla. Antes de irse se cruzaron con el vecino, que andaba taciturno, consternado y solo en el medio del hall.

—Pero por qué anda así, don Santilli, le hicimos caso y nos paramos pa toda la zafra. Por qué esa cara de velorio. Era una garantía el potrillo, ¡tenía razón! —dijo, exultante, el padre de Julia.

—Porque acá somos unos hijos de puta, mi amigo. Nunca se dice el favorito, porque el favorito es un secreto a voces. Los engrupí a ustedes para que vinieran, nomás, a pasar un buen rato. A Canto Salvaje no se lo veía por la punta. Y de pronto, zas, gana el muy otario, con un jockey colgando de la espuela. Le jugué a otro, mi amigo, le jugué a otro. Al favorito.

Con la perla de verdad atravesada en el agujerito de su oreja, Julia despelleja todo aquel relato que habían hecho su madre y su padre al llegar. De un día para otro, tenían plata. Al año siguiente, la mudanza al barrio de mansiones como cohetes, del liceo privado, de las bananas a escondidas. Aquella casa donde su padre se convirtió en un espectro y donde su madre se transformó en alguien que no conocía.

21

Después de la mudanza, la madre empezó a insistir con la idea de que Julia «debía ir a un terapeuta». Se lo comentó a Lilián y Sarah, las amigas nuevas, en alguna tarde de scones y mermeladas, y ambas opinaron que estaban de acuerdo ante la sintomatología descrita. También se lo comentó a su esposo y, por teléfono, al hermano de Julia, que hacía varios años se había ido, luego de ganar una beca para terminar la facultad en Bogotá.

Incluso con la cicatriz del incidente de la lapicera que su hermano le había hundido en el muslo, Julia no lo recordaba como un foco de incompatibilidad, sino más bien como un aliado que aliviaba tener cerca. Pero eso, claro, nunca se lo había dicho. Ni siquiera el día en que sus padres fueron a despedirlo al aeropuerto y ella se tuvo que quedar porque la valija no entraba en el Fiat Uno. Así que la despedida de los hermanos fue en la vereda y ella vio arrancar el auto como quien despacha el equipaje en el mostrador de un aeropuerto, con la desazón de despedir algo propio que tiene altas probabilidades de extraviarse.

Siempre había tenido una personalidad intrincada, quizás misteriosa o inaccesible, «una niña distinta», al decir de la madre en el living, mientras extendía el edulcorante por encima de la mesa ratona. Su deambular taciturno se había acrecentado en la adolescencia y desde la mudanza estaba «insoportable». Julia vivía recluida en su cuarto y, a veces, ni comía; aunque de madrugada la madre la escuchara roer algún sándwich o alguna fruta del centro de mesa. Si no la escuchaba, igual sabía, porque al otro día veía las migas o las cáscaras en la basura. Y, además, según remachó la señora entre las amigas: «estaba teniendo muchas contestaciones».

—Los domingos me hace pasar las de Caín. Bueno, ustedes la han visto acá en las reuniones. Nunca sé bien con qué me saldrá. Digan que ahora anda dragoneando con Franco, el hijo de los Spinelli, a ver si por lo menos se vuelve un poquito más dada. Con ese cuerpito perchento que tiene, más le vale que aproveche que alguien la mira.

No sabe bien por qué, pero Julia tiene ganas de concederle un deseo a Andrés. No como un efrit de *Las mil y una noches*, sino más bien como un gesto piadoso, la última petición de los condenados al corredor de la muerte. Quiere compensarlo, quizás. Porque en algún órgano comienza a anidar la culpa, como un pasajero invisible o un virus que no tardará en manifestar los síntomas.

Debió haber contactado a Fátima, piensa por un instante, mientras dobla el buzo verde inglés sobre el otro y los acomoda arriba de la almohada de cuero forrada con la bata azul que oficia de funda. Estas son sus cosas ahora.

Mira el techo. Sigue sin ser lástima lo que siente por Andrés. Sabe que no es indiferencia, ahora que ya conoce su voz: el tono cuando está molesto o dolorido, incluso la arenilla que parece formarse en su garganta cuando se despierta, que lo hace carraspear con cada exhalación. Sabe también cómo se le vuelve un poco más aguda o menos pesada cuando habla de las cosas que lo ponían o lo ponen contento: un churrasquito con puré cada tanto, Fátima, los cuentos de Isidro el enfermero, los libros de la biblioteca pública, las charlas con el piloto.

Además del mapa del estado de ánimo que es la voz de Andrés, Julia ha reservado dentro de su mente algunos fotogramas de un pasado ajeno, que ahora se entrevera con el suyo. Como si ese tiempo y espacio que compartieron en el momento exacto del accidente no solo hubiese reconfigurado desde ahí todo lo que pasaría después, sino todo lo que ya había pasado: las vidas de cada uno, intervenidas ahora por la visión del otro, por sus fardos. Aunque Andrés no sospechara esto, Julia veía pasar su propia vida contaminada por los libros, los viejos del ajedrez, Ernesto, Fátima, un piloto prendido fuego corriendo por la pista. La madre. Otra madre. La carencia. Como si, en algún punto de la historia, las suyas se mezclaran, turbias y a la vez luminosas, el mismo efecto de las aguas que se arremolinan en los vasos luego de que se jactan los pinceles tras las acuarelas.

Lo piensa dos veces. Por qué tiene esa sensación de unión y rechazo. No tenían ni la misma edad, aunque Julia le llevara solo un par de años. Andrés había nacido en Melilla y ella en Jacinto Vera, donde había vivido hasta los catorce, cuando sus padres ganaron la carrera, lo que permitió que la madre de Julia recuperara un viejo estatus, que había perdido al casarse con un empleado estatal cuyo único patrimonio era la casa de la calle Colorado.

El matrimonio decidió reinventarse: jugar a ser otras personas en una casa nueva de un barrio con veredas anchas y canteros con pasto similar al de una cancha de fútbol cinco y con el quiosco siempre lejos de cualquier antojo a pie. En el nuevo barrio los comercios parecían ser invisibles. Perdidos entre el follaje cuidadosamente podado y separados siempre de los cordones. Muchas veces, una casa convertida en boutique o un garaje transformado en peluquería con puertas de vidrio y marquesinas delicadas.

Como un holograma parecen formarse los ojos del profesor de Semiótica, en la estela de la bombita eléctrica que cuelga del techo del placar. Recuerda el momento exacto de los ojos del viejo puestos en su cara y las palabras *El hombre de arena* emergiendo de aquella boca de labios ondulantes como lombrices y de dientes cuando son hueso.

> *Había olvidado por completo que existía una Clara en el mundo a la que él había amado; su madre, Lotario, todos habían desaparecido de su memoria. Vivía solamente para Olimpia, junto a quien permanecía cada día largas horas hablándole de su amor, de la simpatía de las almas y de las afinidades psíquicas, todo lo cual Olimpia escuchaba con gran atención.*

Por qué, de todas las cosas recordables, ella había fijado algunas pocas: los sabores de las frutas que comía rápido en la cocina durante la madrugada en la casa de Punta Gorda; las primeras imágenes de *La Cosa del Pantano*, las conidiogénesis de las levaduras del laboratorio; algunos párrafos de *El hombre de arena*. Esos textos que anidan en la mente como poemas y que se animan conforme atravesamos las posibilidades y el espacio. Cuando nos vemos en ellos, arquetípicos, aunque únicos, es como si alguien nos hubiese puesto en el mundo antes que la meiosis universal.

¿Sería ella la Olimpia de Andrés?, ¿o acaso era al revés?, pensaba, mientras intentaba recordar —lo sé omnisciente, como la voz de la historia que nos narró primero— dónde era la sala de la computadora. Aunque cuando empieza a calibrar esto, se sienta en su cama improvisada a recorrer el hospital en su mente.

La habían ingresado por la emergencia, que tenía dos puertas de acceso: una por donde entraban las ambulancias con los pacientes graves y otra que conducía a la sala de espera. Cuando ella despertó, estaba en un purgatorio de camillas y sueros. Similar a un programa de televisión, trajinaban médicos y enfermeros, como cuando ingresa un herido por la puerta de urgencias. Había alaridos que evocaban la sala de espera de un hospital psiquiátrico. Julia miró hacia un costado, apenas podía moverse porque cada músculo acusaba existencia. Le dolía el pecho. No era una punción interna del corazón. Era superficial y acérrima.

Al inclinar el mentón para verse, se dio cuenta de que estaba casi desnuda. Su camiseta, el buzo y el soutién caían a cada lado de su cuerpo como el cuero tajeado de un animal. Después se daría cuenta de que los paramédicos le habían cortado la ropa para poder pegar sobre su pecho las extensiones del monitor arterial. Atinó a juntar de un lado y del otro la tela recortada, pero se le hizo imposible cruzar los brazos sobre el pecho. La sensación fue la de tocar la carne viva.

—¡Volvió! —gritó una enfermera al verla reaccionar, y la doctora de guardia se aproximó con diligencia desde la vera de otra camilla.

—¿Julia, verdad?

Julia trató de ordenar las imágenes. La cara de esa mujer y de la otra, que la miraban desde arriba, el techo, las luces. Los sonidos: metal, vidrio y aullidos.

—Sí. ¿Qué me pasó? ¿Dónde estoy?

—Estuviste en un accidente grave en la Ruta 1, a la altura de Puntas de Valdez, pasando Libertad. Estás en el hospital de San José de Mayo. Ahora te vamos a ingresar y vas a tener para unos días. Al parecer no tenés contusiones internas ni órganos comprometidos. Pero hay que tenerte en observación y curarte esta herida —la doctora señaló el hematoma con llaga en el pecho de Julia—, que está fea. ¿Querés que llamemos a alguien?

—No, gracias. ¿Mis cosas?

—Tu cartera está ahí, mirá —dijo la enfermera, señalando los pies de la cama.

—¿Te acordás si sos alérgica a algo?

Julia respondió que no, pero tuvo ganas de decir que sí.

Recorre en su mente los primeros momentos en el hospital. El traslado a la sala en la camilla, las luces del techo como neones en la carretera. Los enfermeros hablando de los Óscar, mientras uno sostenía la varilla del suero y el otro luchaba, fastidiado, con el barandal, que se negaba a encastrarse.

En el pasillo serpenteante que conecta la emergencia con el ascensor, que lleva al primer piso de salas de internación, Julia cree haber visto una computadora. Será una dependencia administrativa. Mientras recrea los recovecos del hospital y sus detalles, continúa con la mirada puesta en el aura de la bombita de luz. Ya no ve los ojos del profesor de Semiótica, ve al hombre de arena, a Franco, a su padre, y ahora ve a un guerrero que camina sobre un lago de hielo.

En la escena hay un sable y hombres asiáticos, quizás coreanos o chinos, no japoneses. Miran con furia hacia el otro lado. Es el fin de una historia de venganza o más bien de dolor. Julia, ella misma, yo misma, está —estoy— escondida detrás de un árbol. También tiene —tengo— un sable en la mano y una mochila de tela de avión.

El silencio espesa más la sangre que la helada. Quiero recordar esto. Contarle a Andrés. Visto desde arriba no existen ni la rabia ni el miedo. Pero desde los ojos, la inmensidad prospera sobre cualquier detalle. El lago es de verdad. Se percibe, se ve. Tengo frío acá y en la cama del placar. Los segundos en la escena se degluten y se mueven las nueces en los cuellos de todos. En este lado, cerca de mí, unos guerreros aguardan, medievales, alguna indicación resumida en un gesto. Son un ejército de gente común que sigue a uno. Al que camina sobre el hielo con un sable.

El grito viene desde el otro lado del paisaje, donde también hay árboles finos a la vera del lago, donde también el invierno es invierno. Son jóvenes estos otros que esperan. Confiados en sus músculos y en la osadía de sus huesos. Pero aquello que interrumpe la espera es otro grito.

Enfundado en un saco largo hasta las botas, el guerrero advierte que los jóvenes lo han visto y da un paso adelante. Da otro paso ahora y, decidido, comienza a caminar sobre el paisaje desolado que, contemplado en gran angular, es toda la literatura del mundo. El guerrero lleva un sable en la espalda, un sable antiguo, como el mío. Apura el paso sobre el hielo, mientras descuelga el arma con los ojos puestos en el otro lado. La libera de la envoltura y la desecha. Sigue adelante. Firme. Julia ve —veo— su espalda alejarse sobre la superficie que hierve, helada. Al otro lado aguarda el otro ejército, que, en los nuevos encuadres, se aferra a sus armas y parece dudar al verlo acercarse.

Hay segundos en los que no veo ni a unos ni a los otros. Veo ramas de algún árbol sumergido, como manos de ahogados, y una chalana ajada que, intuyo, fue de alguien alguna vez.

El guerrero sigue adelante. Estira el brazo y el sable se abre perpendicular a su cuerpo como un ala. Al cerrarlo, el vértice del filo chirría contra el piso, a veces gris, a veces azul. El guerrero se detiene. Eleva la cara y, con los ojos cerrados, siente el sol cubrir los poros como una sábana a un cadáver.

—¿Cuál es el sentido de todo esto? —grita alguien a sus espaldas.

El guerrero continúa en el medio del lago de hielo con los ojos cerrados, pero ahora vuelve el gesto hacia abajo, mientras niega con la cabeza.

Cae.

Cae sobre sus rodillas mientras se aferra a la espada como a un bastón.

Ambos bandos abren las bocas, por las que sale el vapor, y dan uno, dos, tres pasos hacia adelante.

La cámara gira sobre el guerrero. Porque, en las películas coreanas o chinas, la cámara gira siempre alguna vez en torno a algo, y los sueños o los ensueños son fieles a las técnicas. Su cuerpo aferrado al sable, ahora con las dos manos, toma la forma de una ofrenda de carne ante un altar. Y entonces pienso que es el fin, que el máximo dolor es ese.

Pero, de repente, el guerrero se para. Ahora el sable en su mano es el de un samurái. Y comienza a correr hacia el enemigo, que mira y yergue los palos. El guerrero corre. Todo el cielo se va a vivir al reflejo del sable que, en cámara lenta, flota.

El guerrero corre solo, sin aire ya.

Ambos bandos se suben al hielo con la ira de una guerra ajena que es necesario librar por dignidad, por historia o por gusto. Algunos llevan espadas en ambas manos, como carniceros; otros, botellas. Corren y gritan. Hay también alaridos, pero encapsulados, no se escuchan.

La cámara se va a un punto exacto del cielo, que ahora se restituyó arriba, fuera del sable. La lente es una estrella invisible, clavada en el centro del mundo que mira por quienes aún estamos en él.

Miro desde ahí, ya no estoy detrás del árbol. Lo veo como un punto entre las estrías del mapa. El guerrero yace —porque no hay otro verbo posible— boca abajo, todavía con el sable en la mano. Veo a sus aliados llegar hasta él con el efecto de la tinta cuando se derrama sobre una tela.

No sabe cuánto tiempo pasó, pero tiene hambre y frío. La bombita, como si fuera el eslabón material de una hipnosis, sigue prendida. Al mirarla, piensa en que le va a contar a Andrés que soñó una película que todavía no existe, pero que existirá, quizás en Corea o en China. Tal vez la gente del futuro encontrará la forma de extraer esa información de su cabeza para poder filmar. Había una película argentina en la que inventaban una máquina que grababa los sueños. No logra recordar el nombre, quizás Andrés sepa.

Abre la puerta del placar y escucha el chirrido del carro. Ya es de noche. Probablemente sea la comida de la cena. Siente que sus secreciones estomacales comienzan a devorarla por dentro. Decide agazaparse tras la puerta, así cada noche, para estirar la mano como una fusilada que vive, y robar su bandeja.

Es un churrasco con papas al horno. Piensa en cómo le gustaría a Andrés. Lo desgarra con los dientes, como si mordiera un trozo de pan viejo. Una y otra vez, muerde, mastica, traga. Hay algo animal en ella: su posición de bestia deglutiendo una presa, la grasa de la carne desbordando las comisuras y las mejillas. Piensa en su madre. Le encantaría que la viera así, comiendo con las manos.

Vuelve a su forma humana cuando ya no hay nada en la bandeja de espuma plast. Tiene tanta hambre, tanto frío, que parece haber traído con ella la escarcha del lago a la realidad: de una dimensión a otra. Cree todavía tener nieve y hojarasca en los zapatos. Incluso tocó su espalda al despertar, para comprobar que ya no tenía un sable colgado en el dorso.

Muchas veces le había sucedido a lo largo de su vida. Soñaba de una manera tan vívida, que al abrir los ojos se quedaba atrapada en los mitos del sueño. En un tiempo anterior, al salvar un examen difícil del liceo, soñó durante una semana que lo perdía. Una y otra vez. Se despertaba taciturna y angustiada y tardaba incluso una mañana entera en desactivar la desazón con las señales del mundo real. También soñaba que se moría su hermano. Fueron muchas mañanas de duelo, hasta que tuvo que hacerlo de verdad, cuando se fue en el Fiat Uno al aeropuerto y ella no pudo ir porque no entraba.

Decide que esperará un rato más. Agarra el libro de Mónica Elzester. Le hubiese gustado salir de detrás del árbol y unirse a los guerreros. Por qué no lo había hecho. Por qué solo miró. Todavía escucha el crujir de la primera escena. Las bocas abiertas como chimeneas parisinas en el frío, el ruido de los zapatos contra el lago congelado.

Se vestirá con la ropa de camuflarse y saldrá cuando pase la hora de la cena. La ventaja es que, cuando todos duermen, hay silencio y puede estar alerta ante cualquier señal; la desventaja es correr en una estepa, donde su pelo rubio oxigenado y su vestuario desprolijo pueden, fácilmente, delatarla como una anomalía. Un cuerpo extraño moviéndose por el organismo del hospital, como un cálculo de los que se escapan de las vesículas y matan. Piensa en Fátima y en la similitud que guardan. Se cuelga la mochila y sale.

Es tanto el silencio, que puede escuchar su respiración amplificada. Y sus pensamientos, incluso los más antiguos o archivados, comienzan a reverberar en una colonia de hormigas donde todas murmuran su insania.

Sigue adelante. Al pasar por la nursery del piso, se agacha bajo el mostrador. Hay un enfermero de guardia en la noche. Cree que es Isidro, aunque trabaje en el tercer piso porque conoce a Andrés. Vuelve a pararse y camina tan rápido, que los huesos, cada vez más visibles, de sus caderas parecen salirse de su cuerpo a un lado y a otro, como los atletas que caminan a velocidad imposible sin despegar los pies del suelo. Es la única forma que encuentra para que no retumbe el taconeo de las botas robadas. Llega a la escalera de emergencia. Una vez ahí, alumbrada la piel con la luz amarilla y opaca como la de los estacionamientos, recupera el aire y el pulso.

Al llegar a la planta baja, abre la puerta que conecta las escaleras con el pasillo y mira por la hendija. Visualiza un cartel explicativo sobre la lactancia y enseguida recuerda que estuvo ahí. Que ese es uno de los corredores por donde pasó su camilla cuando la trasladaron desde la emergencia. Si el mapa de su mente es a escala y semejanza, al tomar para el lado derecho y caminar algunos pasos, llegará a la oficina con la computadora.

—¿Doctora?

Julia vuelve a helarse. Se da vuelta despacio, como un ladrón que se sabe encontrado. Conoce la voz. Respira hondo, lo suficiente para que no la delate la expansión de su caja torácica. Al verlo, siente alivio. Es el policía que custodia a Andrés.

—¿Cómo le va? —pregunta Julia, con tono susurrante.

—Y acá, llegando a vigilar al desgraciado este. ¿Usted trabajando a estas horas?

—Y sí, es lo que nos toca.

—Qué sacrificio el de ustedes, qué lo tiró. Y nosotros nos quejamos.

—Sí, tremendo, pero, bueno, lo voy dejando que tengo que seguir. Buenas noches.

—Buenas noches, doctora. Siga nomás.

Julia sigue adelante. Nerviosa, alterada. Cruzando los dedos para no cruzarse con nadie más. Al llegar a la oficina, tal cual lo recuerda, ve la computadora apenas abre la puerta. En el lugar no hay nadie, la luz está apagada y sobre los tres escritorios se esparce el resplandor del alumbrado público de la calle. Cierra la puerta y tranca. Se sienta delante de la computadora. Un monitor AOC de 14 pulgadas, amarillento, cubierto por todo el polvo de los archivos. Seguramente, al recalentar largue ese olor similar al de las aspiradoras cuando están mucho tiempo prendidas. Aprieta el botón de encendido debajo de la pantalla y el botón redondo de la torre. Golpea los dedos sobre el mouse y espera con impaciencia los segundos eternos del inicio.

La computadora ni siquiera tiene instalado el XP. Un Windows 98 se toma su tiempo para arrancar en esta Pentium que seguro es 2. Un carromato del progreso. A Julia le parece mentira que un hospital tenga esta máquina a disposición. En el laboratorio donde ella trabaja, ingresan las investigaciones en máquinas IBM con el último sistema operativo. Qué información habría ahí guardada, se pregunta Julia mientras apaga los parlantes para evitar el sonido de inicio, seguramente protegida por la escasa fiabilidad de algún antivirus doméstico como el Nod 32 en su versión gratuita. De fondo de pantalla hay un puma majestuoso posado en una roca. Ve carpetas arriba del puma: *Ingresos*, *Egresos*, *Facturas*, *Proveedores*. Julia piensa que no les costaría nada guardarlas en *Mis documentos*, y no así, desperdigadas en el escritorio. Identifica la *e* azul de Internet Explorer y cliquea con la ansiedad de una persona mayor que aprende herramientas informáticas básicas en un instituto. Ahí está lo que temía: ese cartelito gris rectangular que pide usuario y contraseña para poder conectarse a la red.

Está tan nerviosa que no arriesga una posibilidad y su conocimiento llano no le permite avanzar en la configuración. El cartel no logra tapar la cara del puma, que sigue ahí, impertérrito, en el fondo de pantalla. Parece mirarla, desafiante como miran los pumas. Aprovecha para apoyar su espalda en el respaldo de la silla. La última vez que había estado sentada con el tronco perpendicular a una superficie y en ángulo recto respecto a sus muslos había sido en su propio auto, el día del accidente. Luego la camilla de los paramédicos, después la de la sala de emergencias, luego la de la sala de internación, luego el piso del placar.

Ahí, en medio del silencio y sentada frente a ese escritorio de madera compensada, se siente persona otra vez; y desde ese instante hasta la siguiente decisión, se arremolinan en la garganta y en el pecho sentimientos que la alejan del civismo.

No quiere volver a sentirse esa persona. Ahora se deja ir hipnotizada por las cañerías naranjas que se forman una y otra vez, infinitas, en el salvapantalla. ¿A dónde iba a volver? Había estudiado ciencia para entender el origen de la vida y el sentido empírico de la muerte, pero trabajaba día a día en un laboratorio testeando cremas antienvejecimiento para mujeres de más de cincuenta. ¿Ese era su propósito en la vida?, se preguntó en silencio, justo cuando las cañerías de la pantalla mutaban del naranja al verde. ¿Cuál era el sentido? Andrés tenía sentido. Lo odiaba, odiaba su vida de mierda, a su novia descalza, a su hermano asesino y puto. Sin embargo, estaba completamente obnubilada por todo aquello, porque en la vida de Andrés encontraba el sentido que no había encontrado jamás en la suya: Andrés se había conmovido, había sufrido, se había enamorado, había resistido. Y ahora, en el final de todo eso, aguardaba sin una pierna una mejoría que lo llevaría a la cárcel.

La doctora Mónica Elzester debía concederle un anhelo, por miserable que fuera, porque en esa posibilidad residía no solo un acto compasivo que de pronto era imperioso, sino la configuración de un acto en la vida que tuviera sentido para alguien.

A partir de ese momento, Julia comienza a delinear su próximo plan. Deshace el salvapantallas con un movimiento del mouse. Aprieta la cruz del cartel de conexión. *Inicio*, *Apagar*, Confirma que desea: *Suspender*, *Apagar el sistema*, *Reiniciar*, *Reiniciar en modo* MS-DOS.

Antes de salir también apaga el monitor, prende los parlantes y mete la silla otra vez debajo del escritorio, como si no hubiese estado jamás en ese cuarto.

22

Esa noche se quedaba a dormir una amiga de la cuadra. Había alboroto en el barrio, como en todos los barrios y localidades, porque Uruguay estaba compitiendo en el mundial de fútbol de Brasil, con Obdulio a la cabeza del equipo. En cada partido que disputaba y aunque hiciera frío, los vecinos sacaban para afuera incluso los juegos de comedor, con mesas de roble, nogal o plástico, y a veces hasta sillones, para sintonizar las radios que llegaban, tras sendos alargues eléctricos, hasta los zaguanes o las puertas cancel.

Marga llegó a la hora de la merienda y su amiga ya la estaba esperando, pispiando desde la ventana del living. Ambas madres se saludaron con cortesía vecinal en la puerta de la casa y Estela, la madre de Marga, dejó en manos de la anfitriona una torta marmolada. Estaba por demás agradecida, ya que esa noche saldrían con su esposo a cenar por primera vez en muchos años, porque, según dijo, «Una década de casados no se cumple todos los días». La anfitriona asintió y le rascó la cabeza a Marga, que estaba vestida con ropa de salir: una torerita sobre una camisa blanca y una pollera acampanada con flores hasta las rodillas.

«Andá yendo», le dijo a Marga, que al segundo entró, diligente. Encontró a su amiga escudriñando entre las cortinas y, al verse, ambas se dieron un abrazo suave e infantil: el ademán de las niñas cuando imaginan que toman el té y agarran los enseres de forma delicada, convirtiendo los meñiques en una antena, como si fuera así el mundo que intentan simular.

Desde la puerta se escuchaba el murmullo animado de ambas mujeres. Pero las amigas pronto encontraron otro divertimento y se fueron al fondo a recortar muñecas de papel, hasta que apareció la madre. Los rezongos no tardaron, porque era pleno julio.

—Ay, mi Dios querido, ¿pero me quieren decir qué hacen acá con este frío? Se van inmediatamente para adentro. Y vos, hija, te llegás a enfermar y te ligás una paliza arriba, ¿me sentiste? —Las amigas se pararon del piso y comenzaron a juntar todos los recortes—. Pero será posible, mirá cómo te manchaste esa pollera —le mascullό a Marga, mientras la agarraba del brazo y la llevaba para la cocina, donde embebió un repasador con agua de la canilla y comenzó a raspar con cierta saña la tela floreada.

Nibia miraba a su madre limpiar el vestido de su amiga, mientras guardaba todas las muñecas de papel en la caja prevista para ellas. También todos los vestiditos confeccionados esa misma tarde. Había sido un día de mucha excitación, porque era la primera vez que le permitían que una amiga se quedara a dormir. Nibia quería que todo saliera bien.

Su madre la había hecho limpiar el día entero. Había dejado a mano los juguetes que le interesaba compartir y aquellos de los que quería hacer alarde: la muñeca Celia y el alhajero con forma de cisne eran sus preferidos. La madre le había dicho que, si se portaban bien, a la hora de acostarse les leería un cuento del libro. A Nibia le gustaba mucho el de la ballena que se tragaba a un hombre. Desde la primera vez que su madre se lo había leído y cada vez que tenía la oportunidad, le pedía ese. Pero ahora ya era más grande y «por ser una señorita», según le decía a menudo, ya casi no le leía. Ahora leía ella. También le gustaba el de la dracma perdida y seguro se lo iba a leer a Marga esa misma noche.

A eso de las ocho llegó el padre de Nibia del trabajo. Dejó el maletín al lado del revistero en el primer cuarto, donde estaba la radio y el living comedor. Caminó por el pasillo y encontró a su hija y a su amiga dibujando en la mesa de la cocina, mientras Mirta cocinaba con el delantal puesto. Esa noche iban a comer vitel toné, especialmente preparado para Arturo y aprovechando la ocasión de que tenían visita. Además, le servía para guardar la reputación, porque Marga seguro le contaría a su madre cómo la habían recibido en casa de los Soler.

Las amigas merendaron y comenzaron a dibujar una secuencia, según un juego inventado esa misma tarde, mientras deshacían sobre los platos ribeteados la torta marmolada que previamente Mirta había cortado y escrutado. Al percatarse de que estaba un poco cruda, sintió bajo el delantal una mínima y mezquina satisfacción, porque seguro ella era mejor cocinera que la madre de Marga, siempre tan jovial y dicharachera. Después se arrepintió de ese pensamiento y, luego de servirles la cocoa a las niñas, se dio vuelta y se tocó la cruz de la cadenita, con la mirada fija en la guarda de azulejos celestes arriba de la mesada. Pensó que no había que alegrarse por la desgracia ajena, pero tener hijos y no saber cocinar era una.

Para cuando llegó la nochecita, las niñas se fueron a jugar al cuarto de Nibia, al tiempo que Mirta y Arturo se acomodaron en el living a escuchar la radio.

Arturo tomaba una copa de anís como aperitivo y Mirta hojeaba uno de los ejemplares de *Selecciones del Reader's Digest* que se amontonaban en el revistero. Esto, mientras esperaba que se hiciera la hora de la cena para servir, porque ya había preparado la lengua, el atún y la salsa de huevo. Solo tenía que disponer los platos.

—¿Te pasa algo? —inquirió Mirta con los ojos por arriba de los lentes, al darse cuenta de que su esposo la estaba escrutando. Arturo le hizo un gesto insinuante con el mentón—. ¿Qué?, ¿qué tengo? —preguntó ella, mirándose el pecho y la falda.

—¿Tenés ganas de pecar esta noche? —dijo Arturo, con sorna—. No sé, me esperás así…

Mirta se percató de que tenía un botón de la camisa desabrochado y se veía una parte del soutién y un poco de piel. Como si se tratase de un mal paso ante un desconocido, enseguida soltó la revista y se lo prendió.

—Ay, qué vergüenza, andá a saber hace cuánto estoy así, ¿qué va a decir la madre de Marga si me vio? ¿Me habrá visto?

Arturo se acercó con la copa en la mano. Las pisadas retumbaron en la madera como en un escenario. Se paró delante de Mirta, estiró una mano e introdujo el dedo índice por una de las aberturas de la camisa, entre los botones. Lo deslizó hacia un lado y restregó el pezón con la uña. Luego fue introduciendo toda la mano y desgarró el siguiente botón. Jesús brillaba en medio del escote, mientras Arturo bajaba con la otra mano el cierre de su pantalón y sacaba su pene para acercárselo a la cara. Primero lo rozó por las mejillas y luego por la nariz hasta llegar a los labios, que se abrieron, dispuestos, para hacerlo desaparecer en la boca. Arturo ahora agarra la nuca de su esposa y direcciona la velocidad de cada embate, mientras ella gime con los ojos cerrados y él gime con los ojos abiertos. Arturo acaba y Mirta se despega, rápido y avergonzada, mientras se seca las comisuras con la yema de los dedos índices.

—Bueno, bueno —dijo al incorporarse, deslizando las manos una y otra vez sobre el delantal atado a la cintura—, vamos a comer que ya es la hora. ¡Chiquilinas, a comer!

Nibia y Marga salieron corriendo desde atrás de la puerta entreabierta del living comedor, y en el pasillo una de ellas tiró un florero al rozar un codo contra el *dressoire*.

Siguieron corriendo, como si escaparan de los monstruos de todas las pesadillas que habían tenido en la vida, hasta llegar al cuarto y encerrarse. El golpazo de la puerta retumbó en la casa.

—Ay, Dios mío. Nos vieron, Arturo, nos vieron —dijo Mirta, mientras terminaba de limpiarse la pera—. Yo me quiero morir. Imaginate si Marga cuenta algo. ¡Qué vergüenza, Dios mío!

Arturo regresaba a su sillón luego de volver a agarrar la copa de anís. Una vez arrellanado, se limpió con una servilleta de tela dispuesta en la mesa chica, se subió el cierre del pantalón y dejó el cinturón desabrochado.

—No seas exagerada. Estarían jugando. Las habríamos sentido. Además, son chicas todavía: si vieron algo, no entendieron nada.

Dentro del cuarto, Marga y Nibia sostenían la puerta. Las dos sentadas con las espaldas contra la madera debajo del pestillo. Se quedaron primero en silencio. Marga se puso a llorar y Nibia comenzó a tocarle el pelo. Ninguna de las dos podía poner en palabras lo que habían visto. Por qué la madre de Nibia tenía eso en la boca. Qué era lo blanco. Por qué el papá de Nibia hacía esos ruidos. Marga lloraba agitada y silenciosa, con la mirada fija en el cisne de la caja de música.

—Ya sé. ¿Querés que le dé cuerda? —preguntó Nibia para conformar a su amiga y hacer que esa noche fuera la que había imaginado.

—Sí —dijo Marga, entre sollozos.

Nibia se apresuró hasta la cómoda y regresó con la caja de música en las manos. Se arrodilló en frente de Marga.

—No llores, Marguita. Mirá, mirá qué linda suena.

—¿Vos habías visto alguna vez eso que hacían ellos?

—No, nunca. Pero no le cuentes nada a nadie, ¿sí? Me da vergüenza.

—A mí también. No le voy a contar a nadie.

La cajita de música empezó a sonar y el cisne comenzó a dar vueltas, imantado sobre un espejo labrado que simulaba un lago.

—¿Querés jugar a los besos? —preguntó Nibia—. Así practicamos para cuando pasemos al liceo.

—Yo no voy a hacer el liceo, me van a mandar a estudiar corte y confección, me dijo mi madre.

—Bueno, pero tal vez hay hombres que estudian costura, tenemos que practicar. Eso sí que lo vi yo.

—¿Y cómo hacemos?

—Mirá, dame tu mano. Vos la apoyás así contra tu boca, y yo apoyo la mía en mi mano. Y hacemos como que nos besamos.

Ambas amigas se acercaron y formaron un puente por encima de la cajita de música, que seguía sonando. Nibia comenzó a besarse la cara externa de la mano y, al entender, Marga empezó a hacer lo mismo, hasta que unieron sus palmas y se besaron sus propias manos con los ojos abiertos. Al cabo de unos minutos, Marga había cerrado los ojos y Nibia sacó su mano y empezó a deslizar la lengua sobre la palma de su amiga. Marga abrió los ojos por un instante, sorprendida, y volvió a cerrarlos.

Al intentar abrirse, la puerta chocó contra sus espaldas y las amigas pusieron rápido sus manos sobre la cajita de música.

La voz de Mirta se escuchó al otro lado.

—Está servido. Lávense las manos y vengan a comer. Marguita, vas a ver qué rico que está lo que preparé, para que le cuentes a tu mami la receta.

23

Era tan flaco el perro, tan flaquito, que los ojos le quedaban de adorno, fuera del cuerpo, como cuando los niños encastran lo que no es hermano a la fuerza.

Ahí, debajo del algarrobo, Manuel Falco lo acariciaba a Perón y Perón se dejaba. Cada tanto le movía la cola y refregaba el lomo contra la tierra, con la panza hacia arriba, y las patas como estacas finas se quedaban inmóviles y verticales. El vientre subía y bajaba, al tiempo que la piel se le pegaba a las costillas y se formaban tumbas entre hueso y hueso.

Manuel también era flaco. Una rama más del algarrobo, que ahora le daba sombra en esa tarde subtropical de la Argentina, donde los mosquitos son personalidades y donde la quietud es una foto, resquebrajada, cada tanto, por alguna brisa de los ríos que cambia los ánimos de la vegetación.

Todo verde o marrón. Y más allá, el Impenetrable. Aquel bosque nativo y hondo, accidente geográfico u oasis, se abría paso en ese terreno norteño y lejano, incluso de los mapas que creían recrearlo. Manuel Falco lo conocía. Sus pies ajados, sus cicatrices, su pelo rubio y exógeno al ambiente, su andar aborigen, sus ojos europeos.

Con la mano en el vientre de Perón, cerró los ojos y se trasladó al día en que había atravesado las primeras matas del Impenetrable y visto a aquel ser que lo atribuló como los animales interceptados por los rayos. Por entonces, era apenas un adolescente que empezaba a percibirse como tal. Aún llevaba el pelo rizado y rubio a la altura de los omóplatos, su cuerpo ágil, delgado pero firme, los músculos torneados que no invadían su precaria complexión originaria.

No le había avisado a su madre, que lo cuidaba como al único tesoro, engendrado y vivo, en aquel parto de vísceras e inundación.

Al europeo lo había enviado la empresa forestal y Berta le había dado asilo un día que lo encontró en la portera, perdido y desahuciado, como un explorador sin cantimplora ni brújula. Y el hombre estuvo días insolado en el cuarto chico. Y Berta trajinaba y, cada tanto, entraba a curarle la fiebre con los trapos. Tanto fue el esfuerzo, que se la bajó con agua tibia, porque fría no había en aquella casita modesta de la provincia, donde existen los bosques, las lagunas, los ríos, las fieras y los indígenas.

Y un día el hombre se despertó, y no diré el nombre para no dispersar, porque esta es la historia de Manuel Falco, que va a morir treinta y dos años más tarde en Uruguay, en un accidente de auto, mientras escapa de la policía con otros como él.

Pero hay que decir que Manuel nació de Berta y de aquel hombre febril. Porque el hombre se recuperó y primero miró el techo, sin cielo raso, derecho las chapas puestas como láminas en un juego y no como la estructura fija de una casa. Estaban hundidas en algunos tramos y el hombre adivinó las piedras sobre ellas, que la sostenían. Se tocó la cara, estaba fría, y su conciencia parecía repetirle su nombre y su número de identificación. Pensó en la fecha, se acordaba del 14 de enero cuando llegó al Chaco desde Brasil. Se acordaba de un ómnibus del siglo pasado que había tomado de una localidad a otra, para llegar acá, a este último poblado, por el que se arrastró, como un borracho de tabernas, entre las paredes de cal, entre el barro de los caminos, entre los mosquitos que se habían metido ya en su cabeza y zumbaban chamamé desde adentro.

Dónde estaba, qué había pasado. En la mesa de luz había una taza de lata con agua, un plato también con agua, en el que flotaba un trapo como un camalote vencido, y un pedazo de madera del que emergía un humo dulce y espeso. El hombre reconoció el olor, lo asoció a sueños, a imágenes que había tenido durante la fiebre. Vio a la mujer. Vio a Berta, que entraba despacio y se acercaba a la cama con reserva. El hombre tuvo una erección. Involuntaria, como si su cuerpo no fuera suyo, una reacción encerrada en estímulos que le eran ajenos, que no reconocía. Berta advirtió el relieve bajo la sábana que lo cubría. Pero no dijo más que unas pocas palabras, áridas, tajantes, aunque amables.

—¿Se encuentra bien, señor?

—Sí, muchas gracias. ¿Dónde estoy? ¿Qué me pasó? —con acento de otro mundo, pero en el mismo idioma.

—Usted llegó muy maltrecho a la puerta de esta, mi casa. Y desde entonces le estuve cuidando para ver si me mejoraba, porque pensé que se me moría.

Aquella forma de hablar, entrecortada, como temblando, con el acento del lugar y las formas posesivas de las palabras, que el hombre repitió en la mente, mientras miraba a Berta, que seguía hablando en segundo plano. *Pensé que se me moría.*

Con los días, el hombre recobró la vitalidad y Berta le hacía comidas modestas, pero abundantes; tanto, que otro día vomitó y ambos se asustaron ante un posible retroceso. Pero después se dieron cuenta de que era tan solo un mal asiento, y Berta fue diligente. Con su vestido áspero y descalza, atravesó los fondos de la casa en busca de los yuyos aptos para las buenas digestiones y, al volver, le preparó una infusión. Solo después de servirla en la mesa al tiempo que él la miraba, ella se fue al bañito a lavar la sangre que le había provocado una herida que se hizo al arrancar las plantas.

Cuando quisieron acordar estaban en la cama, abrazados y desnudos. La desnudez de los desconocidos: la paradoja de cuando el cuerpo habla antes que la boca o la mente. Pasaron días en los que solo permanecían en la cama, escrutándose, oliéndose, reconociendo los accidentes de la piel con la yema de los dedos. El hombre ya podía reproducir de memoria en otra superficie las constelaciones que formaban los relieves de los lunares en la espalda de Berta y, mientras los dedos de él dibujaban trayectorias, ella se quedaba semidormida, apretando las piernas.

Durante los almuerzos, el hombre le contaba de la empresa forestal para la que trabajaba y, entretanto, se dedicaba a fabricar una batería para el bíper que se había apagado en los días de la fiebre. No había dado noticias desde entonces. En la empresa estarían preocupados, no tanto por él, sino porque todavía no había hecho llegar el reporte del terreno. El hombre le decía a Berta que se venía la soja, que eso le iba a dar mucha plata al país y que ella no iba a tener que pasar más penurias. Y cuando dijo eso, Berta se enojó, porque ella no sentía que pasara penurias: tenía techo y comida.

Ella le había traído del galpón alambres, tornillos, pinzas, y un día se le ocurrió que, si la ayudaba, podían traer la batería de un viejo Renault que estaba en el fondo hacía años. Berta no tenía estudios, pero sabía que las cosas se prendían y apagaban y las baterías eran agujeros negros de energía que hacían andar las cosas. Entonces le dio la idea. Y el hombre la abrazó y la besó, y salió corriendo hacia el galpón y volvió con la batería. A los bornes les ató un alambre, desarmó con destornillador fino el bíper y las tripas del dispositivo se entreveraron sobre una placa verde de nodos y circuitos. Al rato se le prendió una luz azul al aparato, que empezó a eructar la onomatopeya de su nombre, como un pájaro, como el loro hablador del bosque nativo.

El hombre se abandonó a su empresa y Berta siguió cortando las papas y la carne para el puchero de esa noche. Y esa noche comieron, y el hombre estaba eufórico y le agradecía por haberlo ayudado tanto y le dijo que, cuando se fuera, la mandaba buscar y se iban a la ciudad a vivir. Berta lo miraba y sonreía, mientras absorbía el caldo del puchero y resoplaba, cansada de tanta palabra, de tanto ruido, delante de la cuchara que humeaba sobre su frente transpirada, sobre su piel mestiza y luminosa, sobre su boca arcana y fina.

La despertó un rayo que había caído cerca. Empezaba a clarear entre la lluvia y la bruma de la vegetación exultante, de los aloes siempre peligrosos tras los alambrados, como arrecifes insulares.

El hombre no estaba, tampoco su aparatito ni la batería.

Al tiempo, nació Manuel. El apellido fue el de ella. Puesto así, para que constara en actas, en la libreta de la cocina. Ni carné de identidad ni partida de nacimiento. Aquel que iban a encontrar muerto en la Ruta 1 del

Uruguay no había nacido nunca para la historia. Pero había nacido una noche de tormenta, cuando los rayos agitaban las cavernas amnióticas y las tripas dejaban de entender para empezar a contraerse, animadas por la oxitocina.

Horas antes, Berta estaba recostada en el sillón del comedor. Se había echado para atrás estirando la cabeza sobre el respaldo, la nuca arqueada hacia adentro, la nuez de la garganta como un pedregullo salido del cuello. La barriga enorme, las piernas semiabiertas, la sensación de entregarse al destino, a la suerte, al desamparo.

Primero fue granizo lo que cayó, y Berta miraba hacia arriba: los hundimientos de las piedras que lo mantenían fijo contra las vigas y ahora también los pequeños cráteres que los pedazos de hielo ocasionaban en su techo. Ese que minutos después se despegaría de los bloques, tras un temporal estival que se lo llevaría entero a las fauces de la tormenta, como una ofrenda de las que tiene que hacer el viento cuando el hambre del cielo lo dispone.

Berta sintió una puntada en la columna. Pensó. La lluvia comenzaba a teñir la cal de la casa entera, mientras los pies desaparecían bajo las corrientes del comedor. Su cara, su cuerpo, su panza, eran de pronto parte de la noche, del agua, de los relámpagos que iluminaban aquella escena dramática, esperpéntica y bella, donde una mujer expulsaría a su hijo sobre agua de la lluvia que, a estas alturas, ya había sobrepasado, fluvial, el asiento del sillón. Había sumergido la mesa, el pequeño televisor blanco y negro; su vagina, la panza; la libreta de la cocina, que días más tarde secaría al sol, como la carne de los saladeros, para poder dar cuenta de la existencia de su hijo en un papel que dijera que existía.

Manuel Falco nadó antes de llorar. Porque después del último empujón y de ver flotar la placenta entre las sillas y las tazas de lata, como la medusa que naturalmente era, Berta dejó flotar a su bebé. Él estiraba las piernas y los brazos, como un anfibio unido al nutriente por aquel cordón que Berta cortó recién cuando la lluvia amainó y las aguas comenzaron a bajar, a irse por las puertas, por los sumideros de todas las carencias y del terror.

Todo ese rato Manuel Falco estuvo nadando y luego fue pescado, como un renacuajo, hacia el pecho embebido de su madre, donde lo apoyó mientras la lluvia los cubría.

Pero ahora Manuel está debajo del algarrobo, acariciando la panza de Perón con los ojos cerrados, pensando en aquel día en el que se había perdido dentro del Impenetrable y de lo que vio, y de lo que sintió. Esa confusión avasallante de todos los sentidos, cuando estallan dentro del cuerpo y construyen el instinto luego de una demolición.

Primero había atravesado las lagunas, que se forman porque la lluvia es parte del paisaje y al suelo no le alcanza la predisposición para evaporarla. De eso se encargan principalmente los árboles, cada vez menos por culpa de la soja, que para crecer no necesita árboles; entonces vienen las empresas como la de su padre y talan todo, depredan todo. Después la naturaleza no entiende y se desborda con histeria.

Todo lo que hasta entonces era leyenda, rumor del barrio, tradición oral, es de pronto un conjunto de sonidos que riman, vocales ocultas tras la maleza y los hocicos de las bestias que adivina ocultas en sus madrigueras; como el oso hormiguero más grande del continente o el loro hablador que pone en escena los ecos del resto cada vez que se mueve una rama, cada vez que una burbuja estalla bajo las lagunas y los humedales. Y si se cruzara con una yarará, terratenientes de los subsuelos y amas de las rocas, piensa: moriría ahí, porque ahora no sabe cómo volver sobre sus propios pasos. Imagina esqueletos de viejos exploradores que quisieron violentar el mito impenetrable y lo atravesaron, como él.

Es cuando escucha un ruido, no un sonido. No es el papeleo de la vegetación, es un fonema hosco, inentendible. Ahí está, monstruoso, el tapir. Como tantos otros bichos de este bosque que es una selva y un desierto y un oasis, todo junto. Sus criaturas parecen mutantes. Pobre tapir, parece un oso, pero no lo es, a mitad de camino entre un elefante de trompa trunca, el cuerpo de un hipopótamo fetal y las patas con un halo humano que recuerdan a las de un niño.

La fauna del Impenetrable es misteriosa y desafía la geometría de las taxonomías. Pocos son los animales delineados con la perfección de los pumas o el miedo siempre vibrante de los ciervos. Estos están mal hechos, como un collage donde la imaginación arremete con sus recortes y se aproxima más a la representación de un sueño que a los atlas.

Manuel Falco sigue adelante y el tapir apenas si levanta la cabeza con una reverencia humana, un acto modesto de invitarlo a seguir. Piensa en Berta, su madre, que tiene las manos más ásperas que jamás lo hayan tocado, como las garras de una fiera que lo parió en el medio del agua, con los rayos cayendo cerca de aquel living despojado de techos y los relámpagos alumbrando como un efecto incidental de los teatros.

Entonces hay que saltar y piensa que él primero tocó el agua. Fue anfibio antes que humano. Sus pulmones son la huella de aquel instante grabado para siempre en sus moléculas. Puede aguantar la respiración en los ríos, como si fuera un bagre entrenado y vivaz; escurridizo ante los anzuelos y ante los buques de carga que violan los cursos del Paraná por la cara este de su tierra natal.

Este que vio al tapir es joven y ágil. Al llegar a la laguna mayor, se mete en ella como un devoto que anhela la purificación. Pero él no cree en nada, porque busca. Aunque cree en su madre, la de las garras, la que lo crio sola porque el de la empresa forestal nunca regresó a devolver la batería del Renault.

El agua de la laguna es transparente como las venas. Él apenas se impulsa con los pies, moviéndose como los buzos, como los que saben nadar o como los que nacieron sumergidos. La cara hundida mira hacia abajo. Cada cardumen es un cosquilleo que le arranca una risa gigante y en caudal, a la que todos los peces parecen responder con reverencias. Son varios los metros hacia el otro extremo, pero Manuel no se cansa. Sigue adelante, ahora dejándose ir de espaldas al agua, con la cara hacia el cielo y hacia la humedad chaqueña, hacia las partículas del aire, que se vuelven tan reales sobre sus ojos como el mismo cielo, como el calor, como los bichos. Está tan convencido de que nada malo va a pasarle, porque siente todo, menos miedo.

Pega brazadas hacia atrás y la velocidad de su cuerpo se incrementa para sortear las corrientes más fuertes, que se arremolinan en algún punto de la laguna, donde aparecen los seres sobrenaturales en los cuentos, donde desaparece la gente real y los botes se dan vuelta de un momento a otro.

En la espalda siente una fuerza que lo succiona hacia abajo, pero sigue adelante, dando brazadas con ritmo hipnótico, como las hélices de los viejos barcos de Nueva Orleans. La fuerza cede. Manuel vuelve a ser un pez que cosquillea el agua con los empeines. Hunde otra vez la cabeza. Ni siquiera tiene el corazón acelerado cuando empieza a ver el fango que anuncia la cercanía de la orilla. Como una representación evolutiva, abandona su posición horizontal y se erige primero sobre las rodillas, que tocan el fondo, y luego sobre sus pies. Aquel adolescente mitad mestizo, mitad rubio, emerge de la laguna con su short de tela de avión embebido y el pecho lleno de oxígeno y de dicha.

La ve a la yarará ni bien pisa la arcilla de la orilla. Envuelta sobre sí misma, reacciona ante el primer sonido ajeno a lo que puede esperar. Son las pisadas de Manuel, que se acerca desde el agua y corre a la naturaleza del lugar. La interviene apenas con un ademán, una caricia que es su presencia ahí. La yarará se estira y comienza a seguirlo, sigilosa y mortal. Él se deja seguir, no hay hormonas de miedo que activen los sensores. Confía en el instinto, se fía del instinto. Al sentarse en una roca para descansar, levanta los pies del suelo y junta sus piernas contra el pecho. La víbora lo cerca, como un aro de fuego en un ritual. Él la mira, la escruta. Le cuenta los dibujos de la piel, intercepta sus ojos de reptil, fríos y breves.

Mientras la víbora lo rodea y se desliza en torno a la roca, Manuel mira la laguna. La otra orilla apenas se divisa desde ahí. Calcula la distancia. Va a tener que volver, probablemente cuando la noche sea noche arriba y abajo del agua. Se quedaría durmiendo en la rama de algún árbol. Sabe cómo ahuyentar a los mosquitos, sabe incluso prender el fuego prehistórico. Es entonces cuando deja de mirar la laguna y voltea la cara hacia el siguiente tramo del bosque.

Se refriega los ojos con el dorso de las dos manos, porque por un instante cree alucinar. Ve una figura humana, el pelo negro y largo por la cintura; de pronto le parece la imagen más perfecta que encontró en su vida, tanto, que recién ahora puede pensar en la perfección por primera vez. La laguna no lo es, la laguna es una extensión de sí mismo.

La espalda marrón, un marrón distinto al suyo, más oscuro, como las aceitunas que maduran antes. Una espalda que quisieran las manos de la historia haber tocado. Manuel se para en la roca. El sol que cae en ángulo agudo sobre el agua lo ciega, así que acomoda las manos sobre sus ojos para poder mirar mejor. La víbora se dispone vertical demandando atención, pero Manuel aguza los ojos en dirección al bosque. Es ahora cuando cree ver una cara. Los ojos como ranuras que esconden cristales debajo de unas cejas dibujadas por el arte y los genes: negras, gruesas, pictóricas como las escamas de una cobra.

La figura se mueve detrás de los árboles como un animal astuto, despiadado y tierno. Parece estar jugando y Manuel también. Pega un brinco ágil desde su roca a otra. La yarará se estira, perpendicular al piso y ataca. Su lengua se da contra la roca vacía. Parece darse por vencida y vuelve a su posición inicial. A arrastrarse, sigilosa entre las piedras y la arena, a esconderse en los huecos del terreno; a aguardar paciente una mordedura que no será a esta criatura que emergió de las aguas y ahora salta, alegre, de una roca a la otra como una gacela en dirección al bosque.

Mientras la sigue con la mirada, piensa que esa mujer es la más hermosa que vio en su vida. Se toca su erección, arrolladora, abismal. Ahora corre. Mojado por el agua, por el sudor que cae por las sienes. Le punzan los testículos, llenos, ansiosos. Al llegar a la hilera de árboles, asoma la cabeza a un lado y al otro. Su pelo rubio y rizado destella entre el follaje, que es la representación del color verde de toda la ciencia.

Vuelve a verla.

La figura se congela detrás de un árbol y deja de moverse. Como cuando los niños juegan a la escondida y se saben encontrados. Manuel se acerca. Le habla, aunque ahora no la divisa desde el lado opuesto del árbol.

—No tengas miedo —dice—. ¿Cómo te llamas?

Escucha una risa luchar entre los dientes al otro lado. No quiere asustarla, entonces pega su espalda contra el árbol y se va moviendo hacia un costado, despacio, avisando que se está deslizando. Vuelve a escuchar la risa, gutural, auténtica, grave.

Cuando aparece al otro lado del árbol, se encuentra con la espalda que había visto desde la roca. Marrón y uniforme como la tierra arada, más ancha que lo que creyó ver desde lejos, parecida a la suya. Manuel estira una mano, que se acomoda firme, aunque delicada, sobre el hombro. Ahora con la otra mano le corre el pelo, negro, como todos los fuegos apagados, pesado y lacio como un telón. La figura, estática, mira en dirección a la laguna y Manuel también mira por encima de su hombro.

—No tengas miedo.

Manuel siente que estallará ahí mismo, rociando aquella espalda oscura, donde el blanco se desintegraría perlado entre los poros terruños. La figura se da vuelta. El pecho sin relieves, los ojos ahora son metal, las cejas que han cambiado de posición, como la yarará cuando activó su alerta, el vientre muscular y delineado; debajo, otra erección.

Manuel tuvo miedo. El que no le dio el tapir, la distancia en la laguna, la víbora al llegar. Despegó la mano de aquel hombro y corrió hasta la orilla con la desesperación infantil de cuando se llega a la playa después de un largo viaje. Corrió dentro del agua mientras pudo, hasta que se sumergió y nadó, como un reptil, como un hombre.

24

Esa tarde en el taller de Melilla, Ernesto estaba nervioso, incluso mucho antes de que el Chaco y el Sinatra golpearan la puerta de chapa. Puerta que era parecida a la del taller de Manga, donde se recostaba Andrés para leer sus libros, pero sin las láminas oxidadas cubiertas por gruesas capas de pintura satinada. A Andrés le encantaba romper con la espalda las burbujas que se formaban entre capa y capa. Cuando estaba nervioso por el inminente merodeo de Fátima, directamente las reventaba con las uñas o las llaves.

Andrés todavía masticaba la idea del robo y no terminaba de estar de acuerdo. Y lo que esta voz imprescindible va a decir es que esta no es una historia de robos. No habrá más adelante páginas generosas que expliquen minuciosamente un plan, apenas se esbozará a modo de indicio. Tampoco habrá sonidos incidentales del tiempo que corre cuando un ladrón avezado intenta abrir una caja fuerte con método profesional. Más bien ese robo que salió mal es una elipsis que oficia de motor, de causa y de efecto, como todas las decisiones que nos vemos obligados a tomar en algún momento de las tramas.

Esa tarde, cuando Andrés y Ernesto esperaban ansiosos a los dos que llegarían, los hermanos venían de sellar un entendimiento de su propia vida, de la circunstancia que los había llevado hasta ese punto, del giro del volante —o *volantazo*, como decimos por acá— que era necesario dar para cambiar el rumbo de los hechos, de la historia lineal que era la suya y de las historias subsidiarias a ella.

El golpe se oyó seco y claro. Una irrupción. Las ondas sonoras de la chapa transmutaron de metal en metal, de frasco en frasco, hasta los oídos de los anfitriones. Así fue, entonces, el sonido que anunció la llegada de los invitados. Ernesto se paró, diligente, dio un paso adelante, otro atrás.

—¿Vos tenés las llaves? —preguntó, nervioso—. ¿Las tendré yo? —volvió a preguntar y se palpaba el mameluco que en esta ocasión oficiaba de pantalón, con la tela destinada a cubrir el torso cayendo desde la cintura.

Y las tenía él, sí, que las fue sacando del bolsillo trasero en tanto rumbeaba, por fin, hacia al frente.

Al abrir las puertas, las siluetas de los dos sujetos aparecieron rodeadas por una luz áurea y anaranjada: la del atardecer en Melilla, que tenía la particularidad de hacer que la fachada más precaria o roñosa pareciera un cuadro impresionista de segunda mano, una imitación salpicada por los ocres de todas las modestias.

Primero un hombre corpulento y veterano. Vestía un buzo de lana con coderas y un cuello de camisa de otra era asomaba por debajo. El pantalón de jean, un Lois que había adoptado la forma de las rodillas y que se separaba con distancia erecta de cada rótula. El pelo hacia atrás, engominado como el de un tanguero, canoso, blanco y viejo. Agarraba un maletín. Parecía fino y ajeno al resto del cuerpo. Conseguido en otro lado, quizás en otra vida, para trasladar el papeleo de los negocios.

Al otro se lo quedó mirando Ernesto, como quien trata de entender, en unos segundos espesos, la explicación de la historia, del mundo, de un nacimiento. Por supuesto no pudo, pero le dio la mano, mientras observaba la piel de grava, los ojos claros dentro de ella parecían los de un leopardo cuando andan a la vista, y el pelo, graso y rubio, que caía sobre la cara y la nuca con gracia y ajeno a las convenciones de la edad que de seguro tenía. La mano estaba tibia, como si el color de la piel se mantuviera con fuego de hojarasca entre los huesos.

—Manuel Falco, me dicen *el Chaco*, mucho gusto —dijo el recién llegado, al tiempo que Ernesto le apretaba la mano y sostenía con la otra la cordialidad de los dos.

—Bienvenido. Bienvenidos —dijo Ernesto, con altanería y la voz cuajada—. Pasen nomás, la casa es chica, pero el corazón es grande.

Nadie se rio. No habían venido a hablar del corazón. Desde el fondo apareció Andrés, taciturno, con la cara hacia abajo, saludó a los recién llegados con gesto adusto y con cortesía los invitó a sentarse.

—Así que ustedes conocen al Esteban y al Menta, qué fichitas esas, eh. La que hicieron con Scalabrini estuvo fuera de concurso como el Chaná. Yo la verdad que no salgo de mi asombro todavía —dijo el Sinatra, con la voz fuerte, prendida, como una radio.

Y siguió hablando, para romper el hielo, por hablar nomás, sabiéndose conocedor de los pormenores de aquella historia en la que sus amigos, en otro tiempo secuaces, se habían robado el monumento a Lavalleja de la plaza de Estrázulas, mientras se jugaba un partido homenaje para recibir al ídolo Bautista Scalabrini, que ese día había regresado al pueblo en andas con el equipo.

—No sé si saben que lo terminaron llevando a Scalabrini en la misma chata donde tenían el monumento.

Una historia de locos. Pero lo cierto es que lograron vendérselo a un capo brasileño que les pagó fortunas. ¡Fortunas! Bueno, con decirles que Esteban se fue para Natal a vivir la gran vida. Esos sí que tuvieron suerte, bo. Y nosotros la vamo a tener también, ¿verdad, Chaquito? —dijo entre risas, echándose para atrás en la silla como un abuelo italiano que se declara opíparo.

Y Chaco se rio, conociendo el paño de festejarle las ocurrencias; miró a Ernesto con un aliento breve y bajó la vista de vuelta a la entrepierna, donde las manos debatían con una bandita elástica atada al llavero.

—Acá nosotros ofrecemos garantía y lealtad. A Chaquito me lo encontré en Tres Cruces, ahí mismito en la terminal en la parte de abajo, la de los taxis. Estaba flaco el gurí. Parecía un bichito todo envuelto en una frazada roñosa. No le dio ni pa pedirme unas monedas. Me dio tanta lástima, que ahí mismo lo levanté y me lo llevé para casa en el auto. Una garantía. Lo saqué bueno, eh. Es medio timidón, así como lo ven, pero una agilidad tiene el botija, y una astucia. Yo hablo y él va junando todo, ¿lo ven? Seguro que ya sabe la marca del taladro aquel que está allá atrás y seguro sabe cuántos tornillos hay en ese frasco. ¿Y ustedes?, ¿qué me cuentan de ustedes? Los melli.

Ernesto y Andrés se miraron y Ernesto tomó la palabra.

—Bueno, antes que nada, muchas gracias por venir, y por aceptar.

—Perate que acá no aceptamos nada todavía. Nosotros vinimos a escuchar. Pero contame, pibe, ¿cómo es la vida de ustedes? A mí me interesa conocer a la gente con la que trabajo.

Ni Ernesto ni Andrés contaron que su padre se había suicidado con un tiro que le descerrajó la cabeza. Tampoco que su madre se había enrolado en una religión y que, de un día para otro, cuando eran chicos, había empezado a castigarlos.

Es menester contar que tampoco declararon las creencias de cada uno ni que habían hecho el amor con la misma mujer, que ahora era novia de Andrés; ni que Ernesto había sido el más proclive al delito, pero siempre con la condición de no causar daños a la gente, y mucho menos a las mujeres. Dijeron que habían vivido toda la vida en Melilla. Ernesto desolló ofrendas sobre su hermano y comentó, entre otras cosas, que la inteligencia de Andrés tendría que haberlo llevado más lejos, pero que la guita mueve oportunidades y el cementerio debe estar lleno de inteligentes pobres. Les contó que el hermano leía desde chico, que se leía hasta el agua de los floreros, y en ese momento el Chaco se rio con sonido.

—Nosotros tenemos esta idea, que queremos compartir con ustedes —dijo Ernesto, dando por finalizado el pantallazo sobre sus historias de vida.

—Bueno, tas ansioso, a ver, contame cómo fue que se les ocurrió y por qué.

Ernesto fue claro y directo. Remitió con pericia forense el devenir de los hechos que lo habían llevado a darse cuenta de que la casa de préstamos de Melilla suponía un botín accesible. También contó de Cecilia, que estaba dispuesta a ayudar desde adentro y que, como es justo, demandaba parte de la ganancia. Sinatra interrumpió.

—Y esta Cecilia, ¿estamos seguritos, seguritos, que es de fiar? ¿O es que vos andás caliente con la piba? Con todo respeto te lo digo, que no se me tilde de atrevido, pero conozco estos paños yo, soy un tigre viejo.

Antes de responder, Ernesto miró a Chaco. De seguro no supo que el rubor le había tomado la cara como a un niño y se entreveró al querer explicar, nervioso, como quien se desenreda de una acusación que calza como un guante, pero que, aún así, es errada.

—La Ceci es de fiar, don Sinatra. Confíe. Es una gurisita de barrio, así como nosotros, pero tiene hambre la piba. Sabe que está para más. De hecho, fue ella quien me dio la idea.

—Ah, bueno, bueno. Entonces estamos hablando de otra cosa. Seguí contando, pibe, ¿cómo sería el asunto?

Los pormenores no solo fueron narrados por Ernesto con rigor, sino que fueron cada tanto complementados por intervenciones de Andrés, cuyo tono y tino le aportaban a la presentación una rúbrica que al Sinatra, se dieron cuenta, le inspiraba confianza. Cada tanto, Chaco intervenía con preguntas concretas y técnicas: ¿qué auto tenemos?, ¿dónde esperaríamos?, ¿cuántas cámaras hay en la puerta?, ¿cuáles son las vías de salida más próximas hacia la ruta?

Cada pregunta tenía su respuesta inmediata. Los hermanos habían pensado una sucesión de causas y efectos, una disposición de hechos en cadena que solo podía considerarse un plan.

Pronto se desplegó el mapa de Melilla que había sido impreso en una impresora de punto, de las que chirrían cuando la tinta se fija en el papel. Fue el mismo Chaco quien imprimió parte por parte, el que arrancó los bordes agujereados de las hojas y que luego las pegó, armando el mapa como un puzle en el living de la casa, mientras la hija de Sinatra pasaba descalza por arriba de los papeles y dejaba en ellos las migas del pan con manteca.

—¿Qué estás haciendo, Chaquito? ¿Querés que te ayude? —dijo la niña.

Y el Chaco respondió que sí. Entonces él iba cortando la cinta adhesiva con los dientes y después le daba los pedacitos y ella iba dando vuelta cada hoja, mirando el mapa real en la pantalla de la computadora para seguir la referencia de los límites.

Sinatra llegó cuando ya estaba el mapa armado y su pequeña hija saltaba sobre él como sobre una rayuela.

—Mirá, pa, qué lindo puzle armamos con Chaquito. ¿Me vas a llevar un día a ver los aviones? —preguntó, con el empeine del pie dispuesto, dócil, como el de una bailarina, y apuntando hacia el aeródromo.

Y el Sinatra le rascó la cabeza a la niña y le indicó que fuera para adentro, que tenía que hablar cosas de grandes con el Chaco. Y el Chaco debe haber pensado que capaz que lo rezongaba por el tema del mapa, pero no. No lo rezongó. Empezaron a hablar de Ernesto y Andrés. Sinatra le contó que había movido unos contactos en el barrio para que les averiguaran un poquito sobre la vida de los pibes. Antecedentes y esas cosas. No tenían ninguno.

—Lo que sé es chusmerío —dijo Sinatra, ya recostándose en la poltrona lindera a la tele, al tiempo que el Chaco se paraba sobre el mapa y lo miraba desde arriba—. Parece que la madre de los pibes está medio loquibambi. Me dijeron una cosa que yo la verdad no te puedo creer. Que los fajó desde chiquitos, pero que, ya siendo más grandes los dos, se dejaban fajar. ¿Vos podés creer? ¿En qué cabeza cabe? Las cosas de gurises, ¿no?

Las cosas que vemos. Yo lo veía a mi viejo fajar a mi madre. Crecí con eso y andá a saber cuánto me quedó en el marote y por eso soy así, medio hijo de puta. Aunque con vos me redimí un poco, Chaquito. Y el viejo, el padre digo, parece que se pegó un corchazo en el living comedor. Deben ser unos traumaditos de mierda estos melli, pero mal, lo que se dice mal, nadie me habló de ellos. Así que nosotros dos mañana vamo en la de siempre, ¿me sentís? Tranquilo. Dejame a mí que haga las preguntas y vos observá todo. Yo para Lucrecita quiero lo mejor, viste. Y la verdad que esto nos sacaría del paso.

El auto sería, entonces, el convenido según Sinatra, que sabía de motores y de arranques más que ninguno, porque los hermanos Lavriaga estaban en plenas condiciones de proponer, pero se lo dejaron al mayor, que era veterano y había que hacerlo sentir confiado. Chaco intervenía cada tanto, cuando quedaba un espacio. Ni comedido ni arrollador, como esos amigos que en las rondas hablan solo para decir algo sensato o alguna ironía solapada y que tan pronto se ganan el respeto como la desconfianza del corro. Ernesto parecía dirigir una orquesta y, cuando Chaco intervenía para opinar sobre tiempos y disposiciones a tener en cuenta durante el día, levantaba las manos sobre la mesa, invocando el silencio y la atención.

Fue el mismo Chaco el que quiso acompañar a Ernesto a preparar el mate, antes de continuar con los pormenores. Atravesaron el fondo, que conectaba la trastienda del taller con la puerta de la cocina. Las cortinas detrás de las ventanas tenían imágenes de calderas de lata de colores. Tapaban el sol de la mediatarde desde que Ernesto tenía uso de razón y, al tiempo que las miraba sintiendo detrás los pasos del invitado, pensó que con la plata del botín remodelaba todo y se deshacía de una vez y para siempre de aquellos enseres domésticos que tenían las huellas de su madre, que aún tenían el olor de su padre.

—¿Has tenido algún animal alguna vez? —dijo Chaco, mientras Ernesto luchaba con el jueguito del pestillo de la cocina para entrar desde afuera.

—¿Una mascota, decís?

—Sí, eso, una mascota.

—Sabés que no. No me gusta tener a los bichos encerrados, por más mansos que sean o compañeros. Me imagino un perro acá y me da una tristeza. Un gato no duraba. Se iba a la mierda. ¿Y vos?

—Yo tuve un perro y un lémur.

—¿¡Un qué!? —contestó Ernesto, al destapar el tarro de la yerba, de plástico con cerezas impresas.

—Son animales de allá, de donde nací yo. No tanto de mi zona, más del norte, pero un día encontré uno herido en el galpón de mi madre. Le habían agarrado otros animales para comérselo, estaba todo lastimado, sangraba. Con decir que tenía un colmillo vaya a saber de qué enganchado en la barriga. Se lo saqué con una pinza punta de loro, como un cirujano. No sabes lo que era, una bolsa de pelo duro por la sangre. Y le llevé para adentro y le curé. Estuve días. Parecía un enfermero. Construí una cucha a los pies de mi cama, hasta frazada le ponía. Creo que pasaba menos frío que yo. Y le fui curando, hasta que estuvo mejor. Le dejé en el predio de enfrente de casa, pero el bicho volvió. Pero no al jardín, se metió derechito viejo para adentro y se fue para su camita.

Ernesto reparó en la palabra *camita*, ese diminutivo que escapaba de la boca de aquel surfista de la selva, con su piel siempre al sol y su pelo rubio y grasiento que había absorbido la humedad de su apodo.

Las palabras tenían el don de construir una personalidad, según cómo y cuándo fueran dichas. Por qué este personaje carente de pavor, que diez minutos antes escrutaba los detalles en las etiquetas de los frascos del taller, como si su mirada tuviera el superpoder de ver más allá de las cosas, de pronto contaba esta historia plagada de sentido y ternura.

Había dicho la palabra *camita* para referirse a la cucha, probablemente sucia y maloliente, de un bicho salvaje al que curó y liberó. Y el bicho quiso volver. Ernesto tenía ganas de abrazarlo, pero desde luego no lo hizo. En el Chaco se encapsulaba el instinto, el miedo, la aventura y la culpa, como dentro de una botella ontológica que alguien tiró al mar desde un crucero, una balsa o una carabela.

—No te puedo creer. ¿Y cómo son los lémures? Me estoy imaginando tipo un leopardo, ¿puede ser? Perdón la ignorancia, seguro que mi hermano sabe.

—No, son una mezcla rara. Se parecen a los zorros y a los castores. Pero más delicados. Este tenía los ojos naranjas, un naranja que no encuentras en la naturaleza, ¿me entiendes? Un naranja fuerte, pesado, como de mentira.

—¿Y le pusiste nombre?

—¡Sí! Le puse Rodolfo —dijo Chaco entre risas, sin explicar el porqué—. Así que Rodolfo y Perón se hicieron amigos inseparables.

—¿Perón quién venía siendo?

—Un perrito. Le pusimos así porque el padre de mi madre, o sea, mi abuelo, que yo no conocí, había trabajado con el General. Y mi madre, que nunca le gustó la política, siempre se acordaba de su padre por eso. Viste que allá se cree más. La gente cree en los políticos como en los dioses.

—Sí, acá menos. Acá no creemos tanto. Y mirá..., no se nos fue el presidente en helicóptero, pero el de ustedes ya de paso nos enganchó de una hélice. «Argentina se resfría y Uruguay estornuda», dice el dicho.

Se rieron. Abiertos, gigantes. Y las carcajadas movieron todo de lugar y los objetos parecieron levitar de la mesada. Despegados por una energía, bailaban ahora entre los maizales de las guardas de los azulejos; ahí flotaba el tarro de la yerba, las cerezas de plástico, el repasador. Hasta la canilla pareció desprenderse, cromada, fuerte; ahora también flotaba entre todos los fonemas, entre el alivio.

Al regresar, Sinatra y Andrés, encorvados arriba de la mesa, parecían escrutadores de piedras preciosas en una casa de empeños. Para entonces, ya tenían diversos objetos apoyados sobre la Melilla de papel, que oficiaban, como piezas de un juego a escala, de ellos mismos, del auto, de Cecilia y del guardia de la noche.

—¿La caja tiene clave? —preguntó el Sinatra, mientras Ernesto acomodaba el mate y el termo en la periferia del mapa.

—No. Eso es lo loco. Tiene una llave a la vieja usanza y la cuida el guardia. En vez de cuidar la caja, cuida la llave. Nosotros lo que tenemos que lograr es hacernos de esa llave entretanto la Ceci lo distrae.

—¿Y cómo lo va a distraer? —inquirió el veterano.

—Engatusando, don Sinatra. Me extraña. La Ceci es una gurisa bonita. Nada del otro mundo, pero tiene lo suyo y ahí en la agencia es la más joven. Varios le tienen ganas. El guardia, según me dijo, la juna seguido. Así que ella ya hace días que activó el chichoneo. Tiene que lograr que esa noche la cosa pase a mayores. Y ahí nosotros nos metemos, agarramos la llave, abrimos la caja y nos hacemos de la remesa.

Sabemos, porque esta es una historia que empezó por el desenlace de una secuencia, que el robo salió mal. Que se llevaron, sí, una caja. Que lograron hacerse de la llave, mientras la Ceci se sentaba en la silla de la cajera después de hora y hundía la cabeza del guardia, detrás del mostrador, entre sus piernas, a la vez que prendía un puntero de diapositivas para que Ernesto y el Chaco entraran por la puerta de vidrio, abierta ya, según lo convenido.

La cámara de la entrada había sido movida de eje unos milímetros. De modo que, si se accedía a la puerta pegado a la pared, la imagen captada era inalterable. Sabemos también, o lo suponemos ya, porque en un rato solo habrá un sobreviviente, que es Andrés, que no todos los hombres son dados a cerrar los ojos cuando hunden sus fauces entre los muslos temblorosos, vibrantes o fuertes como pinzas. Y fue en ese momento, justito, cuando el guardia miró y se supo consciente, con el vientre de Cecilia sobre los iris, la mandíbula acalambrada, la pera hecha un trapo. Después se despegó, viscoso. Y le preguntó a ella si había escuchado. Y ella le dijo que no, que no dijera pavadas, que siguiera. Y le agarró la cabeza, pero el guardia se le resistió. Entonces, fue ahí que se incorporó, apoyando la mano izquierda en el mostrador de madera cercado por un vidrio grueso y salpicado por la saliva ya seca de todos los clientes del día, y vio en el fondo proyectarse dos sombras, largas y finas, sobre la pared opuesta a la caja.

El guardia fue llamado a su labor. Recordó pensar en la llave, en un arrebato mientras se secaba la cara con la manga de la camisa y se volvía a prender el cinturón, al tiempo que le decía a Cecilia «Quedate acá, que voy a ver». Y ahí todo empezó a salir mal, aunque todavía había un plan previsto que los alejaba de la improvisación.

Cecilia prendió el puntero cuatro veces. Y esa era la señal para que Andrés, que estaba pegado a la puerta haciendo campana, interpretara que algo había salido mal. Así que entró y Cecilia, nerviosa, le susurró el camino.

—Vio sombras. Se fue para el fondo.

Como pasa en este tipo de sucesos, el guardia sorprendió al Chaco y a Ernesto con la caja —similar a una de herramientas o a una urna de las que se introducen en los tubulares de los cementerios— en la mano y, cuando fue a desenvainar el revólver, Andrés le daba un golpe por detrás, en la nuca, donde hay que dar los golpes para provocar un desmayo seguro, si no la muerte.

Entonces empezó el raid que tuvieron muchos ladrones en la historia, porque el guardia no se desmayó, tan solo cayó desconcertado, y se volvió a parar antes de que los dos hermanos y el Chaco hubiesen salido del lugar. Disparó, porque en un robo de plata hay disparos si hay descubrimiento. Pero la bala no le dio a ninguno.

El Sinatra esperaba con el auto prendido en la bocacalle de la esquina. Todas las puertas abiertas eran alas. Los tres se tiraron sobre los asientos y el Sinatra arrancó.

No esperaron a Cecilia, que se quedó parada en la vereda gritando «¡Hijos de puta!, ¡hijos de puta!», cuando el guardia ya había apretado el botón de alarma y se encontraba enroscando el rulo del teléfono conectado con la comisaría. Ni tiempo le dieron las sirenas a Ernesto de insultar a Sinatra por haber arrancado sin Cecilia. Porque la persecución comenzó sin que hubieran salido todavía de Melilla.

Cuando quisieron acordar, iban a 110 por el camino De la Redención y, de pronto, todas las calles se convertían en metáforas vertebradas que los llevaban de un punto a otro de la fatalidad. Por allí el patrullero iba cerca, olisqueando cada tanto el guardabarros trasero. Incluso hubo un impacto, pero la destreza del Sinatra, fijo en el volante y concentrado, lograba desmarcar al auto perseguidor. Hubo al menos dos disparos que rajaron el cielo como un pincho a una bolsa de hielo.

A la izquierda doblaron por el camino Los Camalotes y, cuando vio el cartel, Andrés pensó en esas pequeñas islas sin raíz que se forman en los estanques, como sargazos. A su lado, en el asiento trasero, iba el Chaco, agarrado con las dos manos a los hombros de Ernesto, que estaba loco, insultando a Sinatra desde el asiento de acompañante, dándole directivas, echándole en cara la traición.

Mientras la madrugada se volvía perpetua, Andrés también pensó en el arroyo aquel día con su hermano y en cómo por un momento en su vida todas las cosas del mundo habían tenido sentido juntas al escucharlas. Entonces cerró los ojos, recostado en el asiento, la espalda recta y la cabeza hacia atrás, dejándose ir. Pero los volvió a abrir porque su hermano gritaba «¡Prendelas!, ¡prendelas, por favor!», y le pegaba piñas en el brazo al Sinatra, que, una vez en la Ruta 1, había apagado las luces del auto, todas, transformándolo en una masa de metal invisible y en movimiento arriba del bitumen.

Fue tanta la desesperación que vio en su hermano, que desde la oscuridad Andrés había vuelto al cuarto de su casa, a su madre, inexplicable, bestial e inconexa. Pensó que ese sería el fin de los dos y se entregó, porque de pronto, por unos segundos, creyó en todas las tragedias y en el destino. Este era el suyo.

Uno o dos autos pasaron por la senda opuesta e iluminaron con sus reflectores el interior del Citroën, con el halo de un interrogatorio. Un resplandor en el que vio la mano de su hermano, ahora en silencio y llorando, apoyada en la del Chaco que seguía sobre su hombro. Vio los iris del Sinatra en el retrovisor, árticos y ofidios, como la lagartija de Fátima. Pensó en que no le había contado detalles de esto, pero con la plata ya tenía los zapatos elegidos para regalarle. Los había visto en una tienda cara del centro y había incluso preguntado por el talle. Eran sandalias. De cuero de verdad. Dos focos irrumpieron por la misma senda, de frente, brillantes y agudos: los dientes de una cueva.

Voló por encima del pasto metros enteros. A veces, en algún sueño, había sentido que volaba, porque es una de las formas humanas de sabernos reales en esta parte de la evolución, donde nos tocó permanecer pegados al suelo. El dolor mientras atravesaba el aire por encima del campo era tanto, tan crudo, que ya no lo sentía. Hasta que impactó contra el terreno, húmedo o mojado; la piel de un camalote.

Comenzaba a amanecer y las luces ahora no solo eran las del cielo, sino también las del otro auto vuelto un acordeón sobre la ruta, las del patrullero, las de las ambulancias. Por qué seguía ahí, con una pantorrilla unida acaso por uno o dos tendones al resto de la pierna, soportando. ¿Por qué? ¿Dónde estaba Ernesto? ¿Qué pensará Fátima cuando se entere?

Andrés aún no sabía el parte, que luego reproducirían los periodistas policiales sin el mínimo esfuerzo retórico de decir *cadáver* y no *cuerpo sin vida*. Lo cierto es que esos periodistas contarían que aquella caja robada de la sucursal de préstamos era tan solo un señuelo puesto en el lugar de la verdadera caja, oculta incluso a los ojos del guardia, que también velaba por una llave que abría un recipiente lleno de papel. Pero de eso Andrés se enteraría en el hospital. Ahora, en este momento, la sangre de su boca se mezclaba con la saliva, que caía sobre el pasto como la de un boxeador abatido. Solo sabía que venía alguien. Que tenía un jean azul y que levantaba los brazos en dirección a la ruta.

—Matame. Matame a mí también.

Último

Quién es esa voz que puede incluso decirnos qué ha pensado Julia en cada expedición o qué sintió Andrés la primera vez que constató la ausencia de su pierna. ¿Cuándo viajó el narrador al Chaco para focalizar las brazadas de Manuel Falco en la laguna o remitir las corridas de Fátima por aquel fondo selvático, otro impenetrable?

Han dicho otras voces *que la historia fue referida, aunque sea improbable*. Y quizás, semejante a los fósiles que aún no se descubrieron para amparar el rumbo de las cosas, haya también en el mundo una voz, ajena a la teología e interior a lo dicho, que puede contarlo todo, omnipresente como el siglo XIX y telescópica como el futuro.

Quizás estuvo invisible en el arcén el día del accidente de la Ruta 1 y se preocupó, sobre todo, por Julia. Esa mujer que ni siquiera fue parte, que se suma a la historia casi por un capricho, más que por una maniobra salvaje, aunque atinada. Esa mujer que no es ni buena ni mala, un tanto reprobable por el mero hecho de poner en su conciencia la reflexión maligna, el daño a otro, la envidia sustentable. Esa mujer que ahora, cuando ya han pasado casi quince días, ha mutado el color de su piel al de un blanco que no hemos visto, parecido al negro del Amazonas relatado en la voz del piloto.

Qué rotas están todas las flores. Cuántos sucesos para un mismo fin ha descrito la escritora, tomada por la voz de este narrador que será hombre, mujer, invención. Esta no fue, no ha sido, como se ha dicho, la historia de un robo. Esta es una historia que cuesta terminar, porque la siguiente escena es afuera de las páginas, una mutilación del ánimo, una desaparición fantasmal de todos los personajes invocados; el eco arrullador del escenario cuando es barrido a la medianoche, hora en la que los teatros hablan solos para sacarse de encima las exclamaciones.

Julia todavía sigue vagando por el hospital. Andrés ya tiene fecha de alta, le dijo el policía ayer. Habrá un operativo. Lo tendrán que llevar en la camioneta del penal porque saldrá en silla de ruedas y en un patrullero no entra. Ya sabe Julia eso. Mide, por primera vez, el peso de todo lo que falta, de todo lo que nunca tuvo, de todo lo que no conseguirá. Ese pesar, tan humano, le da rabia. Lo incompleto, el detalle final, que es siempre ausente. La imposibilidad dentro de la expansión. Se recuerda tirando a la basura el teléfono de Fátima, que nunca vino. Especula con esa ausencia también. «¿No vino porque no supo?». Era improbable. La noticia había salido en todos los medios. Los diarios hicieron retrospectivas de la vida de Andrés, el único sobreviviente que importaba, porque era malo, porque era chorro y asesino.

Julia no fue noticia. Ella se buscó a sí misma en los diarios encontrados en las salas de espera o en el baño. Los Óscar, una nueva guerra en el Golfo, la crisis en el Río de la Plata, pero nada sobre la desaparición de Julia Bazin en el hospital público de San José de Mayo.

Había desaparecido también en el discurso, pero, aún así, ella seguía estando en el mundo, en la historia, como si alguien, que no es ella, se hubiese negado a resignarla. Tanto había hecho por desaparecer, que lo había logrado. Era, quizás, su propio pensamiento en un cuerpo distinto el que le daba certeza de existencia. ¿Qué pasaría cuando se llevasen a Andrés a la cárcel? ¿Se apagaría la historia? Así como el amor cuando se rompe y quien se va se lleva los muebles, los libros, la lata del café, los modos del decir, el noticiero, la intimidad, una sección entera de palabras que no se dirán más, los gestos, las manías, todas las formas conocidas. ¿Cómo sería el hueco que quedaría después? ¿Quién vendría a robarse el olor de las sábanas que son de Andrés? ¿A dónde iría ella misma cada noche después de la ración?

No quería ser amiga de Andrés. Tampoco se había enamorado. Había sido un síntoma: la espeluznante certeza de existir a los ojos de otro. Ahora, incluso, quiere ayudarlo. Piensa en contarle la verdad. En decirle que ella también estuvo en el accidente. En revelar que todo este tiempo se había hecho pasar por otra persona. Que no lo quiere, que no le importa su vida de mierda, que tiró el teléfono de Fátima a la basura. Piensa en contarle, también, que muchas veces la hizo llorar al regresar al placar, que una noche se quedó pensando en los aviones, que imaginó Melilla, o la recreó, porque había ido cuando era chica con la escuela a unos viñedos; que no quería que se fuera, que no quería empezar a anidar la noción de ser Julia otra vez.

Lo decidió la noche anterior a esta, mientras calibraba sus acciones y a veces asentía y a veces discutía con su propia voz, que alternaba consejos, indicaciones, recorridos. Cuenta la plata que sacó de la billetera de Mónica Elzester el día del escape y considera que será más que suficiente. Ya es abril y, por algún orificio del placar que todavía no identificó, ha comenzado a zumbar el viento del interior. *El interior*. Así le dicen en el Río de la Plata a toda porción de tierra situada más allá de la capital. «Me voy al interior», dice la gente cuando se va a otro departamento, a otra localidad, a otra provincia, según las matrices de los códigos postales. Un viaje hacia adentro, como si la capital, el epicentro, fuera siempre la tela, el citoplasma. Hace ya catorce días que ella está en el interior. En ese pueblo perdido que es San José de Mayo, donde el progreso no ha podido barnizar lo humilde, lo austero de cada calle, de cada fachada instalada con el apuro gauchesco y pueril de los enduidos mal terminados, de los desniveles.

Esta vez no podrá salir por la noche. Tendrá que atravesar el día con su melena rubia y su ropa mal combinada: la calza, las botas, el buzo. No tiene bufanda, tampoco abrigo. Hasta la liviandad de un atuendo puede llamar la atención. Pero se va a arriesgar.

Esperará a que pase el carro del desayuno. Mejor no, mejor esperará a que pase también el carro del almuerzo. Es la hora de la siesta el momento indicado, cuando las digestiones de los enfermos se aploman en las camas, cuando los pueblos se convierten en zorros dormidos entre las rutas y los caminos.

Roba su bandeja y un vaso. Un bollo de pan, un envase de mermelada de zapallo y cuatro galletas al agua. También un té con leche. Luego se recuesta en el espacio donde duerme. Una vez más, forra la almohada con la tela de la bata azul. Piensa en la cárcel. En el penal de Libertad a donde llevarán a Andrés. Piensa en las posibilidades del tránsito, de matar gente. Piensa en los pabellones, donde se mezclan los dolos con las negligencias.

Recuerda un motín. Un periodista había ido al penal a entrevistar a los presos y a los guardias. Él y un camarógrafo, quizá también un asistente técnico. Debía ser 1993 o 1994. Toda la familia vio el suceso. Cuando transcurría una de las entrevistas en el pabellón de recreación y trabajo en madera, el único vistoso para la cámara, los presos tomaron el penal. Se amotinaron y aparecieron hordas escapadas de una sublevación medieval, con sus armas confeccionadas con vidrios y latón; con bisagras, con pedazos de reja. Todas las armas elevadas al techo en cada puño. Rodearon al periodista.

El motín no se vio en vivo, se transmitió después de que la noticia fuera reportada por otros periodistas en las puertas de la cárcel. En aquel momento las imágenes mostraban las manos, imperceptibles y estiradas, entre los barrotes de las ventanas de cada barraca, tierra adentro respecto a la cerca perimetral. Pronto los presos lograron subir al techo. Victoriosos, colmados de ira y de dicha, levantaban sus espadas y sables caseros al cielo, al espacio.

Julia miraba, los miraba. Recuerda perfectamente una cara. El único que no la tenía tapada con un pañuelo o un buzo. Algunas cámaras hacían zoom y tomaban su gesto. Sonriente a veces, miraba a sus compañeros, mientras fumaba algo envuelto en hojas de cuaderno, que oficiaban de papel para tabaco. De repente escupía el suelo. Gargajos gruesos que incluso podían percibirse por las lentes instaladas lejos.

En ese estallido del motín, en la necrosis de todo encierro —pasmosa, ágil, cadavérica—, pensaba Julia en aquel momento de transmisión en vivo; pensó también la semana siguiente, cuando la televisión proyectó las imágenes captadas adentro por el camarógrafo rehén; y piensa ahora, antes de escuchar movimiento afuera del placar.

—Perate, que te voy a buscar un balde que acá seguro hay. Qué viejo asqueroso el de la once, che. Ta bien que está solo, pero cagarse así encima. Dios me libre.

—A mí me da una pena tremenda, y eso que lo tengo que ir a limpiar yo. Yo qué sé, imaginate estar en el fondo de la lona y que te internen solo. Pobre viejo. De acá se va para la Etchepare seguro, porque nadie reclama por él, pero está cuerdo, pobre hombre.

Interceptar las voces, que se vuelven cada vez más audibles, le da tiempo a Julia para pararse y entornar el doble fondo, que habitualmente dejaba abierto para acostarse más cómoda. Se para y se pega a la pared, finita, achatada, y trae el cartón hacia ella con la garra formada por su dedo índice. La almohada, que llega a manotear por reflejo, queda entre sus pantorrillas y la pared de atrás. Es como un ataúd vertical. Incluso más estrecho: la nariz toca contra la superficie.

Las mujeres entran al placar.

—Uy, mirá, me encontré un bucito. ¡Me encanta! Me va a quedar bien, ¿no? El rosado me combina con los ojos —y ambas largan una carcajada.

—Qué olor raro hay acá.

—¿A qué, decís? Yo no siento nada.

—No sé, a aire pesado, a respiración. Como el olor de las fundas de las almohadas cuando no las cambiás.

—¿Decís?, no siento nada, nena.

Ambas mujeres siguen conversando sobre el viejo de la sala once, agarran el balde y, por lo que comentan, el Fabuloso ya no está viniendo como antes, es mejor el Perfumol. También hablan de Bagdad y una dice que había sido impresionante el bombardeo, que lo había visto por la tele un rato largo. A los pocos minutos se van.

Julia sale del féretro. Se habían llevado el buzo de Mónica Elzester. Se da cuenta de que ese olor que dijeron sentir es el olor de ella. Es olor a persona en un recinto destinado a las cosas. Vuelve a su posición inicial. Ahora ya no piensa en el motín de Libertad, ahora piensa que en un rato viene el almuerzo y después, sí: después saldría.

Al cabo de unas horas, mastica otro suflé, que no tiene gusto a nada. El que repartían, por lo general, los martes y los jueves, días de las telenovelas brasileñas. Pero lo come todo. Hay que pertrechar las defensas porque ahora, que es mediodía, hace frío.

Entreabre la puerta del placar. Hay más gente caminando de allá para acá que durante las horas en las que suele ir a ver a Andrés y al baño. Se cuelga la mochila, chequea que en el bolsillo chico esté la plata. Mira el espacio con esa última mirada que la gente les da a las casas antes de partir hacia un viaje. La que corrobora, la que se despide.

Al salir al pasillo, se siente una ficha de un puzle que alguien pateó antes de darse por vencido. Cree que todos la miran, pero cuando detiene el pensamiento en favor de un instante sensato, se da cuenta de que no. Es una más. Comienza a avanzar por el corredor, hasta pasar por la puerta de la sala de la computadora. Allá en el fondo, al final, está el acceso a la trastienda de la sala de emergencia por donde ingresó. En el cuarto de la computadora hay dos personas. La puerta está abierta y logra ver las cañerías del salvapantallas. Son dos funcionarios, que hablan animados, uno recostado hacia atrás con la pierna derecha apoyada sobre la torre. Por un instante, Julia piensa que, de haber podido acceder a internet en esa sala, no tendría que salir del hospital. Pero lo hará porque siente que se lo debe a Andrés, y a ella misma.

A unos pocos metros de la puerta ve al médico de los zuecos. Pasa a su lado, ralentizado. No lleva su cofia esta vez. Tiene pelo. Un pelo largo, hermoso y castaño, recogido por un rodete. El mismo peinado que ella solía hacerse en su pelo pelirrojo antes de mutilarlo.

Al salir, la luz la ciega. El aire frío del mes es la nieve de los cuadros contra su cara, su cuello y sus manos. Una persona la intercepta para consultar por dónde se entra a la sala de emergencia. Julia tartamudea, se entrevera con sus propias palabras, porque el pensamiento tarda en acoplarse otra vez a los ritmos de la vida real.

Empieza a caminar por la calle del hospital. La vereda, los árboles, un perro. La gente lenta, autómata; una bocina. Todas las fachadas enanas, un pueblo chaparro, estancado al ras de la modestia. El andar uruguayo, amarillo y antiguo. Llega a la plaza. Se siente aliviada ante el espacio amplio, que rompe la regularidad del ida y vuelta, de las líneas rectas de todas las calles.

Camina y se mete por la cruz de la plaza desde el lado norte. Al llegar a la fuente, mira el agua. Hay algunas monedas en el fondo, pero fija la mirada en una caja de cigarros Fiesta que flota como un camalote de cartón y es llevada por las ondas que genera su mano. Se sienta en el borde de la fuente y tiene la sensación de que sus ojos están fuera de ella. Quizás apostados en la puerta de la iglesia o de la oficina del registro civil. A través de esos ojos se ve a sí misma. Está flaca, tiene frío y necesitará contactar a una de todas estas personas que están pasando frente a ella para preguntar.

Una vez que sus ojos se adaptan a sus cuencos, evalúa, selecciona. Ese hombre no, es muy viejo, seguro no sabe. Esa mujer. Sí, esa mujer. Aunque mejor no, tiene la edad de su madre. Ese chiquilín es muy chico. Cada músculo es un saco de arena. Cada articulación, un grito. Es ella.

—Disculpame, ¿tenés idea dónde hay un ciber?

—Sí, tenés uno en Bélgica y…, ay, dame un segundo que se me fue. —Julia intenta no perder la calma ante esta mínima interacción que le hizo sudar las manos y forzar sus posibilidades—. Y Lavalleja. En Bélgica y Lavalleja tenés uno.

—Muchas gracias.

Bélgica y Lavalleja. Las mismas calles que en la capital, pero mezcladas de otra forma. En Montevideo Bélgica es de seguro una calle del Cerro, donde todas tienen nombres de países. Pero acá los países se juntan con un brigadier de los libros de historia.

El cartel arriba de la puerta es una gigantografía de *Terminator*, el cíborg con sus lentes y la luz roja, que brilla debajo de un cristal en uno de sus ojos. El ciber se llama S. Connor y en el dibujo la *S* se mezcla con la *C,* anidadas por un mouse que cuelga de ambas. Julia se sonríe. Viaja directo a una tarde en la que ella y su hermano parecieron amigos. Habían alquilado la primera parte de la saga con anuencia de ambos, en una de aquellas noches donde sus padres se iban al hipódromo a tentar a la suerte luego de la primera vez. Sarah Connor. Esa mujer que había engendrado el futuro antes de sospechar, siquiera, que era un montaje elemental de toda la estructura en el pasado.

Camina algunos pasos sobre el pedregullo de un cantero y se da cuenta, ante el piso irregular, de cuánto le aprietan las botas que robó. Al mirar a través de la vidriera, intercepta la cantidad de personas que hay dentro. Un niño, entregado a la pantalla, se aferra a un joystick. Parece ser el único cliente. En el fondo, un adolescente también mira una computadora instalada unos centímetros debajo del mostrador. Julia nunca había ido a un lugar como este. Usaba la IBM del laboratorio incluso para sus asuntos personales. Al entrar, siente el olor rancio de los cables recalentados, de la transpiración juvenil mezclada con los cigarrillos apagados de los ceniceros dispuestos en cada escritorio. Hay cuatro computadoras. Da unos pasos hacia el fondo y se toca el pelo, se lo peina, pajoso, con los dedos en forma de rastrillo, que se trancan, una y otra vez, entre la mata.

—Hola, quisiera usar una máquina. ¿Cuánto sale?

—Veinticinco pesos la hora —contesta el chico del mostrador, sin sacar los ojos de la pantalla.

Julia busca en la mochila los billetes de Mónica Elzester y, antes de pagar, pide también una barra de chocolate y una caja de cigarros. Mientras el chico busca cambio, ella abre la caja.

—¿Tendrás fuego?

Al rumbear para la computadora más lejana a la vidriera, puede escuchar el sonido del videojuego: disparos, explosiones, alguna voz en inglés y los botones del joystick como insectos.

—Control Alt 2 para el arroba —dice el del mostrador, una vez que Julia toma contacto con su máquina.

Ahí, la *e* azul del explorador reina agrandada en medio de la pantalla con fondo verde. Hay también algunas carpetas, probablemente creadas por clientes que luego olvidaron borrarlas. Busca Yahoo. Luego escribe la búsqueda. La lee, una, dos, tres veces. En esas palabras está la vida de Andrés, aunque el asesinato haya sido otro.

—Disculpame, ¿para imprimir?

—Ah, no, impresora no tenemos.

Julia siente que se abre un espacio debajo de su silla, una grieta dentada de la tierra que esperaba deglutirla a ella y a su intención. Era tan difícil hacer algo bien. Binariamente bien. Le arde la espalda, el cuello, las orejas. El ruido del videojuego de pronto se convierte en un chillido insoportable, que retumba dentro de su cabeza como un acople.

—¿Me podrás prestar unas hojas y una lapicera?

—Unas hojas te doy, sí, pero la lapicera me la tenés que comprar porque usada tengo esta, pero la necesito.

Julia vuelve a su asiento. Deja el teclado vertical, apoyado sobre la torre y comienza a transcribir.

> *Dicen (lo cual es improbable) que la historia fue referida por Eduardo, el menor de los Nilsen, en el velorio de Cristián, el mayor, que falleció de muerte natural hacia mil ochocientos noventa y tantos, en el partido de Morón.*

Julia prende uno, dos, quizás hasta cinco cigarros, mientras mira la pantalla y vuelve sus ojos hacia la hoja. Corrobora cada punto, cada coma, los tres paréntesis. Piensa en los cuerpos extraños, en las configuraciones del amor, retablo donde las ovejas aparecerán muertas o desnudas más tarde o más temprano. Piensa en los hermanos Andrés y Ernesto Lavriaga. Siente el olor del taller, adivina los frascos, el peso de los motores en los brazos de ambos. Ve el amarillo y el rojo de Melilla; al piloto prendido fuego, lo que no supo por Andrés. Piensa en la Filo. Su madre nunca le había pegado a ella. Su padre una vez un cintazo, que le marcó la piel, pero se lo perdonó cuando empezó a verlo vaciado en sus deambulares por el living de Punta Gorda, el año siguiente a la plata.

Tuvo, piensa ella, una infancia tranquila: amigas, había podido estudiar, se convirtió en bióloga. «Pero mirá todo lo que tenés», le decía su madre cuando no soportaba su aspecto taciturno, que parecía una mancha que estropeaba lo nuevo. Y Julia era consciente, pero no alcanzaba. Había algo adentro, un recoveco de ángulos agudos, al que no se le animaba ninguna posibilidad. El interior era tan adusto debajo de los buzos, de la piel; tan huesudo y prehistórico.

Una ceniza cae por error sobre una de las hojas y la perfora. Parece, si se mira con esmero, un pergamino de los de antes. Julia sigue transcribiendo:

> *Los Nilsen eran calaveras, pero sus episodios amorosos habían sido hasta entonces de zaguán o de casa mala. No faltaron, pues, comentarios cuando Cristián llevó a vivir con él a Juliana Burgos. Es verdad que ganaba así una sirvienta, pero no es menos cierto que la colmó de horrendas baratijas y que la lucía en las fiestas. En las pobres fiestas de conventillo, donde la quebrada y el corte estaban prohibidos y donde se bailaba, todavía, con mucha luz. Juliana era de tez morena y de ojos rasgados;*

bastaba que alguien la mirara, para que se sonriera. En un barrio modesto, donde el trabajo y el descuido gastan a las mujeres, no era mal parecida.

¿Qué había pasado a ser Fátima en su imaginario?, pensaba a la vez. ¿Por qué la odiaba? Por qué su sola aparición en la boca de Andrés y después en su mente le sacaban de adentro todas las brasas por las que caminaban los órganos, como faquires. Fátima había sido amada. Quizás es lo único que llegó a entender de Andrés. Depositaria de ese amor de lecturas y sacrificio, no había sido capaz de ir a verlo al hospital. Por un momento, Julia se autoconvence de que esa, y no otra, es la razón por la que tiró el teléfono de la mujercita a la basura. Aunque cuando ya va por el quinto o sexto párrafo, se da cuenta de que no, de que lo tiró porque no quería que apareciera, detentora. No quería llegar al cuarto de Andrés y que fuera otra voz la que prendiera la luz de la portátil, la que escuchara.

Desde aquella noche la compartieron. Nadie sabrá los pormenores de esa sórdida unión, que ultrajaba las decencias del arrabal. El arreglo anduvo bien por unas semanas, pero no podía durar. Entre ellos, los hermanos no pronunciaban el nombre de Juliana, ni siquiera para llamarla, pero buscaban, y encontraban razones para no estar de acuerdo.

—Disculpá, ¿tenés para mucho?

Julia detiene la escritura. Mastica y traga la saliva antes de mirar al del mostrador y decirle que no, que ya termina.

—Porque ya estamos cerrando, ¿viste?

Ahora Julia se para, se acerca al mostrador con un cigarro en la mano y va saboreando a la presa con los ojos, con los colmillos, con las garras que estaría dispuesta a mostrar si fuera la bestia que siempre se sintió llamada a ser.

—Mirá. Voy a volver a mi lugar y a terminar lo que tengo que hacer. La única pocilga en el pueblo con cuatro máquinas de mierda y no tenés una puta impresora. Y ahora me venís a echar, cuando no hace una hora que llegué. Yo termino y me voy —dice, y agrega—: tomá, te devuelvo el fuego.

El chico se hunde detrás del mostrador, parecido a los cocodrilos cuando los apura un bicho peor, y vuelve a poner sus ojos acuosos sobre la pantalla de la computadora. Julia se siente victoriosa, como Sarah Connor.

—A trabajar, hermano. Después nos ayudarán los caranchos. Hoy la maté. Que se quede aquí con sus pilchas, ya no hará más perjuicios.

Se abrazaron, casi llorando. Ahora los ataba otro círculo: la mujer tristemente sacrificada y la obligación de olvidarla.

FIN

Antes de pararse, borra su búsqueda del navegador, lee la historia de su puño y letra, cuenta las páginas, las dobla a la mitad. Luego las guarda en la mochila, junto a la caja de cigarros y la lapicera —ahora tiene una lapicera—. Se para, altiva y sin mirar al mostrador. Sale a la calle Bélgica y dobla por Lavalleja de regreso al hospital.

Esa noche, antes de ir a despedirse de Andrés, pasa por el baño para lavarse el pelo. Se lo seca en el secador de manos que le da un aspecto salvaje, tan distinto a ella, que la fascina. Luego se mira en el espejo, se pellizca los pómulos para que tomen un poco de color, sale, camina, sube por las escaleras de emergencia, hasta alcanzar el pasillo que lleva hacia el cuarto de Andrés.

Está la silla, pero el policía no. Apura el paso. Al llegar a la puerta de la habitación, ve la cama vacía. Andrés se fue, piensa, mientras todo el viento de San José de Mayo le endurece el esternón y lo astilla. Escucha la cisterna del baño.

Duda. ¿Quería volver a verlo? ¿Despedirse? Qué pasaría si, lejos de desearle lo mejor, se echaba a llorar o lo abrazaba. Mónica Elzester jamás lo hubiese hecho. Julia Bazin tampoco. Decide volver a su placar.

Al salir, ayudado por sus muletas, con un andar robótico hecho carne, Andrés salta sobre su pie hasta llegar a la cama. Arriba de la almohada encuentra unos papeles escritos a mano.

MAPA DE LAS LENGUAS UN MAPA SIN FRONTERAS 2022

ALFAGUARA / ESPAÑA
Feria
Ana Iris Simón

ALFAGUARA / URUGUAY
Las cenizas del Cóndor
Fernando Butazzoni

LITERATURA RANDOM HOUSE / ESPAÑA
Los años extraordinarios
Rodrigo Cortés

ALFAGUARA / PERÚ
El Espía del Inca
Rafael Dumett

LITERATURA RANDOM HOUSE / MÉXICO
El libro de Aisha
Sylvia Aguilar Zéleny

ALFAGUARA / CHILE
Pelusa Baby
Constanza Gutiérrez

LITERATURA RANDOM HOUSE / ARGENTINA
La estirpe
Carla Maliandi

ALFAGUARA / MÉXICO
Niebla ardiente
Laura Baeza

LITERATURA RANDOM HOUSE / URUGUAY
El resto del mundo rima
Carolina Bello

ALFAGUARA / COLOMBIA
Zoológico humano
Ricardo Silva Romero

ALFAGUARA / ARGENTINA
La jaula de los onas
Carlos Gamerro

LITERATURA RANDOM HOUSE / COLOMBIA
Absolutamente todo
Rubén Orozco

ALFAGUARA / PERÚ
El miedo del lobo
Carlos Enrique Freyre